Savannah

WILLIAM GOYEN

Savannah

Traduit de l'américain par
HENRI MORISSET

Préface d'YVES BERGER

Bernard Grasset
Paris

*L'édition originale du présent ouvrage a été publiée
par les Editions Doubleday, à New York, en 1962, sous le titre :*

THE FAIR SISTER

Photo de couverture :
© Dermont

ISBN 978-2-246-78547-7
ISSN 0756-7170

Savannah/William Goyen

William Goyen est né dans une petite ville du Texas, à Trinity, en 1915. Lorsqu'il a huit ans, sa famille s'établit à Houston. Le jeune William envisage de devenir compositeur avant que son père ne lui interdise d'apprendre la musique : l'Art nuit à la virilité. Ce sera donc l'université de sa ville d'adoption, département des Lettres, où, son diplôme obtenu, il commence à enseigner. L'entrée en guerre des Etats-Unis interrompt cette carrière précoce. Il servira dans la marine jusqu'à la victoire des Alliés. Après l'armistice, il séjourne au Nouveau Mexique, à Taos, où il écrit et vivote en travaillant comme serveur ; et c'est un soir de service que Frida Lawrence, la veuve de D.H. Lawrence, l'invite à sa table par curiosité. Elle présente ce séduisant jeune homme à son groupe d'amis, dont un certain Tennessee Williams. William Goyen est intronisé parmi les grands. Il quitte l'Amérique pour voyager en Europe, notamment en Angleterre où il termine son premier roman, La Maison d'haleine (The House of Breath) *qui rencontre un succès critique lors de sa publication en 1950. Suit un deuxième livre,* Le Fantôme et la chair (Ghost and Flesh, 1952), *recueil de nouvelles se passant au Texas. Sa notoriété parvient jusqu'en France où Maurice-Edgar Coindreau traduit* La Maison d'haleine *aux éditions Gallimard en 1954.*

William Goyen s'essaie à d'autres genres, le théâtre pour lequel il adapte ses œuvres, et le cinéma en écrivant un scénario pour un film d'Arthur Penn avec Paul Newman, Le Gaucher *(1958). C'est en 1960 qu'il reprend sa carrière d'universitaire à Columbia comme professeur d'anglais, puis, à l'université de Brown dans l'État de Rhode Island. Il devient ensuite éditeur chez McGraw-Hill ; emploi qu'il quitte six ans après pour se consacrer à l'écriture. Sage décision puisqu'en 1973 paraît un de ses plus grands succès,* Un Livre de Jésus (A Book of Jesus), *sorte de vie de Jésus lyrique où on découvre son obsession de la religion. Il s'installe à Los Angeles en 1975 où il mourra des suites d'une leucémie en 1983.*

Auteur lyrique, William Goyen ne se sentait rien en commun avec les écrivains américains dits « réalistes », à propos desquels il déclare : « Je n'aime pas beaucoup les écrivains contemporains. Je me sens à part et ils ne savent pas quoi faire de moi. En fait, ils m'ignorent. Je n'appartiens à aucune génération d'écrivain. » Goyen a toujours avoué être plus proche des écrivains européens ; Proust, Goethe ou encore Thomas Mann étaient ses véritables influences.

Si l'œuvre de Goyen est parfois proche de la littérature européenne, elle ne l'est pas moins de son Texas natal. Son deuxième roman, En un pays lointain (In a Farther Country, *1955), est une véritable ode aux racines espagnoles de cet État. Au fond, il a su mêler une certaine sensibilité européenne au décor du sud de l'Amérique ; décor qu'il définissait comme primordial dans une interview à la* Paris Review *(1976) : « Pour moi, le milieu est tout. Le Lieu est absolument essentiel. Je sais la mode pour les lieux non situés, hors de toute géographie connue, un peu à la Beckett (en français dans le texte). Il a été dit que les lieux n'existaient pas, que tous se ressemblaient, que telle personne dans le*

Kansas serait la même à Miami ou à Washington. Quelle est la mission de l'écrivain ? Libérer la réalité de son environnement ? Dans beaucoup de mes livres, j'ai éprouvé le besoin de recréer, de reconstruire des lieux oubliés ou des manières de vivre liées à eux ».

Savannah (The Fair Sister), paru en 1963, est l'histoire de deux sœurs noires, Ruby Drew et Savannah. La première, laide et vieille fille, travaille comme évêque dans une congrégation religieuse, l'église du Saint Sacrement, tandis que la seconde, belle femme aux surprenants cheveux blonds, dotée d'une voix exceptionnelle, chante en tenue légère dans un bar de Saint Louis (Missouri). Ruby Drew convainc Savannah d'abandonner sa vie dissolue et de la rejoindre dans son église. Sa voix sublime attire toujours plus de monde. Ruby profite de ce succès pour fonder sa propre église à New York. Grâce au talent de sa sœur, elle pense attirer facilement les fidèles mais c'est sans compter sur l'indépendance, la fougue, et la folie d'une Savannah jamais acquise...

Cette œuvre est une des premières fictions de la littérature sudiste écrite par un Blanc à mettre en scène une femme noire. Il ne faut pas croire à un simple roman psychologique où l'aînée, disgracieuse et sans talent, voudrait se venger de sa jolie cadette en la forçant à entrer en religion. Comme souvent chez Goyen, l'histoire est un prétexte au lyrisme. Il enveloppe ses personnages dans une ambiance chaude et charnelle ; certains passages sont un long poème en prose où danse Savannah ; oui, ce livre est le poème d'une danse inventée par William Goyen, la danse d'une femme noire sur une terre brûlante. À la question « Comment est le Vieux Sud ? », on pourrait répondre : il ressemble à Savannah.

Préface

Il est toujours dangereux de faire la connaissance d'un écrivain dont on aime l'œuvre : on le voit à travers ses livres et il y a fort peu de chances qu'il parle comme eux. Qu'ils lui ressemblent. Lorsque Tim Seldes, de chez Doubleday, imagina de nous présenter l'un à l'autre, William Goyen et moi (c'était en juin 1963 à New York), je me retrouvai aussitôt dans les grands rythmes incantatoires et désolés de La Maison d'haleine[1] *: « Reviens à la maison, la lampe est allumée, reviens à la maison, Ben Berry-ben... » ; « Swimma-a ! Swimma-a-a-a-a ! reviens avant la nuit... » ; « Boy, Boy, viens donc dans le bûcher... ». New York, faut-il le dire, n'offre rien qui ressemble au bourg de Charity, Texas, dont l'évocation hante* La Maison d'haleine. *De plus, il faisait grand jour et je n'avais pas à revenir chez William Goyen mais à y aller pour la première fois et à pénétrer dans un appartement où la vue d'un bûcher m'eût étonné. Mais je ne fus pas déçu.*

La surprise me vint de là où je ne l'attendais pas : de l'œuvre, justement. William Goyen avait confié à son édi-

1. Traduit et préfacé par Maurice-Edgar Coindreau, 1954.

teur, quelques semaines plus tôt, The Fair Sister, *le roman qu'on lira ici sous le titre de* Savannah, *du nom de l'héroïne. J'avais un peu oublié, au profit de* La Maison d'haleine *toujours, les nouvelles et le roman qui lui ont succédé, pleins d'humour et de drôlerie, et je ne me rappelais plus, mais plus du tout, que William Goyen avait écrit le scénario d'un western :* Le Gaucher *(dans une mise en scène d'Arthur Penn) où, pour la première fois dans l'histoire du genre, on nous offrait des scènes bouffonnes, les héros en pyjamas d'époque chahutant et se donnant de grandes claques sur les fesses. J'en étais encore à ce sentiment que William Goyen est le romancier lyrique le plus puissant d'Amérique et que* La Maison d'haleine, *qui parut en 1951 en pleine littérature* tough, *ne ressemble à rien.*

Or, qu'est-ce que Savannah *? Une histoire époustouflante, pleine de farces et joyeusetés, où rouerie et naïveté composent un mélange cocasse. Savannah, une jeune Noire très belle et blonde (la négresse blonde), chante et se montre, à moitié nue, dans un beuglant. Ruby Drew, sa sœur, variqueuse et diabétique, aussi laide que sa sœur est splendide, se croit désignée par Dieu pour sauver Savannah du vice et en faire une prêtresse du bien, une évangéliste. A la suite des deux sœurs, nous lions connaissance avec quantité de personnages : escrocs, drogués, timbrés, tout un milieu, toute une faune qui nous donne à rire, à nous étonner, à nous indigner.*

Pourtant, ces qualités seraient encore peu dans un roman qui me séduisit au point que je pensai aussitôt en faire le premier livre de « la collection étrangère » que préparaient, depuis un an déjà, les Editions Bernard Grasset. Et William Goyen lui-même tint à m'avertir qu'il ne considérait pas que la description du monde des évangélistes était le vrai sujet de son livre, mais seulement un prétexte.

Quel sujet ? Il faudrait plutôt parler de thèmes et nous retrouvons ici, dans Savannah, *l'inspiration qui est à l'origine de* La Maison d'haleine *et des nouvelles rassemblées dans* Le Fantôme et la chair[1] Savannah *est déjà dans le premier roman de William Goyen, sous les traits de Folner qui dit : « Rien n'est fait comme il faut par ici. Tout est biscornu, faussé, déformé ». Pour Folner qui s'est enfui, à la suite d'un cirque, de son village perdu de Charity : « Un monde sans chanson, sans danse... était insupportable ». A ce Folner qui, dix ans en avance, annonce Savannah, le narrateur de* La Maison d'haleine *dira : « ... Ce que tu voulais, c'était illuminer le monde, étinceler, briller, resplendir... Tu voulais la gloire du papier d'argent, des paillettes et des feux de Bengale, tu voulais la couleur criarde, la lueur d'un rubis de plâtre... Etait-ce bien ? Etait-ce mal ? Qui saurait dire ce qui est mal ? » Et Folner, encore : « Ce qu'il me fallait, c'était quelque grande cause passionnée à laquelle je puisse me donner tout entier ». Folner mourra misérable. Ainsi des êtres semblent-ils avoir été choisis pour des tâches scandaleuses, qui les préparent mal à une chute inévitable. Je ne crois pas aller trop loin en voyant dans Savannah une noire sœur de la Paulina de Pierre Jean Jouve. Où le beuglant l'aura-t-elle conduite, après son échec de prêtresse de Dieu ?*

Parce qu'elle est faite ainsi, Savannah ne peut sortir de sa solitude. Ce thème, exploité lyriquement dans La Maison d'haleine, *l'est activement dans* Savannah *et aussi bien dans* Le Fantôme et la Chair *et* In a Farther country. *Chez William Goyen, tous les personnages beaux sont seuls. L'affirmation de soi leur est interdite (à cause des méchants, des jaloux, des avides) et la rédemp-*

---

1. Traduction de Maurice-Edgar Coindreau, préface de Michel Mohrt.

tion de même. La belle Swimma (dans La Maison d'haleine) *qui, elle aussi, annonce Savannah, met au monde
des enfants difformes et finit dans la boisson. Prince de
Lumière boit et tous les beaux garçons de Savannah ver-
sent dans les vices, d'où ils n'émergent jamais. Solitude
qui ne tient pas seulement à la beauté des héros de
William Goyen, mais que provoque encore leur amour
des choses belles, des lumières, du spectacle et du faste.
« Je ne rêvais que monde d'yeux flamboyants, vie ryth-
mée... et appels de pieds insinuants... J'inventais des
rêves, je feignais d'être quelque chose de grand, de royal,
et je paradais... » Sur cette terre, il semble décidément
que rien ne s'accorde à rien et que le mal toujours détruit
l'équilibre, le mélange du bien et du mal. Même laideur
et beauté ne s'entendent pas. La pauvre Ruby Drew ne
peut pas plus garder Savannah que Hattie, tordue et bos-
sue, ne peut garder sa sœur jolie, Willadean, que la
vieille Malley Ganchion ne peut garder Ben Berryben
son fils (dans* La Maison d'haleine), *que Pauv' Perrie la
boiteuse ne peut garder son fils adopté, Son, et Ace, son
mari (dans* Le Fantôme et la Chair). *Dans toute l'œuvre
de William Goyen, nous écoutons la plainte des pauvres,
des laids, des infirmes, d'autant plus sensibles à la
beauté, ces déshérités, qu'ils s'en connaissent privés, et
tout se passe comme si le goût du beau leur était donné,
sa possession interdite à jamais. Une fois, sainte Ruby
Drew se laissera tenter par le diable et, en cachette de sa
sœur, se parera de tous les frous-frous de Savannah. La
scène est très belle, pages 62 et 63. Et lamentable.*

*Ainsi Savannah doit aux thèmes habituels de William
Goyen, à ses obsessions, et la valeur de ce roman n'est
pas mince qui, dans ses apprêts baroques, loufoques et
sous son train d'enfer, cache tant de gravité, de nostalgie*

et de détresse. Comme il arrive avec les grandes œuvres, Savannah *est un livre qui présente de multiples significations superposées. Dans la remarquable traduction d'Henri Morisset, entendons-les Savannah et Ruby Drew, celle qui chante et celle qui se tourmente.*

YVES BERGER.

CHAPITRE PREMIER

Nous sommes tous noirs de peau et de poil dans la famille – sauf ma sœur Savannah qui est blonde. Jésus, le saviez-vous, était un Noir aussi : on dit que ses cheveux ressemblaient à de la laine d'agneau et ses pieds à du bronze poli. Merci, Jésus.

C'est d'ailleurs à cause de son teint clair que ma sœur Savannah a toujours eu l'impression d'être une étrangère parmi nous. J'ai eu vite fait de découvrir son complexe quand elle a quitté le droit chemin et nous a faussé compagnie pour aller chanter et danser à Saint Louis. Je lui envoyai une lettre : « Savannah, disais-je, tu es persuadée qu'on te tient à l'écart, tu te trompes. C'est Jésus qui t'a choisie et bénie. Faut voir les choses comme elles sont : tu as été désignée pour accomplir une tâche hors série pour Notre Sauveur Jésus-Christ. Viens me rejoindre à Philadelphie, à l'église de la Ferveur. Tu travailleras avec Prince de Lumière ; il utilisera tes cheveux d'or au bénéfice du Seigneur et de Son Nom ; il te bénira trois fois, six fois, et te fera découvrir une vie si pleine et si spectaculaire que tu pourras à peine y croire ; viens donc, petite sœur blonde, viens ! » Savannah répondit non.

Savannah avait reçu de Notre Seigneur une voix idéale

pour le chant, merci Jésus. Ce n'était pas mon cas, mais moi c'est à l'Eglise que j'offrais mes petites vocalises. Eh oui, c'est là une des différences entre ma sœur et moi, parmi une foule d'autres. Sincèrement, on n'avait absolument rien en commun : on se ressemblait à peu près comme un papillon et une patate. Mais ça nous permettait de nous aider l'une l'autre. En revanche, il y a une chose que je possède – et comment ! –, c'est un vocabulaire... le don de la parole... de la persuasion, la sainte persuasion. Les mots arrivent tout seuls sur ma langue comme une hostie que le Seigneur y aurait déposée. Si Savannah était douée pour le chant, moi c'était pour la parole. Le Seigneur nous avait bien pourvues en *langue* toutes les deux, parole ou chant. Et il n'y a pas à dire, le pouvoir de la langue, c'est un drôle d'atout pour monter une église.

Toujours est-il que je lui ai imposé silence, à ma langue, quand Savannah m'a répondu non. J'ai attendu un moment, patiemment. Et un beau matin ç'a été plus fort que moi, je n'ai pas pu résister à mon intuition et à mes pressentiments : j'ai sauté dans le train, filé à Saint Louis, et je me suis plantée, comme une apparition, devant ma sœur Savannah dans le night-club où elle chantait.

Si j'étais une apparition, Dieu sait ce qu'*elle* était, lorsque mes yeux se sont posés sur elle : toute plumes et feux de diamants, qui révélaient un corps à vous couper le souffle ; c'était diabolique, lubrique, magnifique. Chez certaines personnes, le tailleur du Diable a ajouté à leur âme un corps si bien moulé qu'il fait tout ressortir comme une robe indécente, et que l'âme est totalement éclipsée. C'est comme ça, ô mon Dieu. Ce prestige physique leur attire, il est vrai, beaucoup plus d'embêtements qu'on n'en a, nous qui trimbalons un paquet de chair plus ou moins bien ficelé qu'on nous a posé dessus comme un vêtement tout fait, à la va-comme-je-te pousse, pour protéger notre âme rayonnante des intempéries – un vulgaire imper, quoi. C'est de cette façon-là que j'ai essayé de considérer Savannah et de comprendre la source de ses ennuis : le Corps. Chez nous autres, c'est l'âme qui nous cause du souci ; quant au corps, « il ne pousse nulle clameur ni ne se glorifie » : on l'a mis au rancart. Si bien que ma sœur et moi on avait des ennuis différents pour des raisons différentes. Il me semblait donc qu'on pourrait faire du bon travail ensemble.

Notre rencontre, pourtant, fut émouvante au possible : on était frangines, après tout – on pleurait comme des Madeleines, se rappelant papa, maman, et le bon vieux temps où on était gamines. « Tu as engraissé », me dit Savannah en se mouchant après s'être un peu calmée. Et moi : « Il y a quelque chose de noir dans tes larmes. T'as pas l'air bien portante, Savannah. »

« C'est mon mascara... Pourquoi est-ce que tu t'habilles en noir ? Quelle touche tu as avec ce galurin ! »

Je lui répondis du tac au tac : « En tout cas, j'ai quelque chose sur les reins, moi » ; et nous voilà lancées dans une bagarre verbale qui prit fin quand éclata une telle sonnerie de trompette que je crus bien que le Rédempteur arrivait. Erreur, elle annonçait simplement le numéro de Savannah, laquelle sortit en trombe de sa loge, quasiment nue, avec cette chair qui, en vérité, était sa damnation mais que je me proposais d'utiliser pour le salut des créatures. Cette chose-là n'est pas impossible, c'est même au fond la meilleure technique. Ceux que dévore la tentation, les maudits, les damnés, sont les meilleurs leurres du monde dans la chasse aux pécheurs, et ça permet de faire d'une pierre deux coups et de sauver toute la troupe. Vous entassez vos pécheurs dans une chambre et les voilà qui se mettent à agir les uns sur les autres. Familiers du péché ils se sentent en famille ; vous n'avez plus qu'à vous tourner les pouces ; vous pouvez même aller faire un tour. Revenez un peu plus tard et qu'est-ce que vous trouvez ? Une pleine chambre d'âmes sauvées. Ils s'en sont chargés eux-mêmes – c'est pourquoi nous, les missionnaires de Jésus, on recherche toujours un bon pécheur. C'est notre récompense quand on en déniche un, et j'étais sûre que je tenais le mien. Je l'avais trouvé à domicile, à ma porte, et j'allais pas le laisser filer : Savannah.

Mes yeux firent le tour de sa loge. Rien que des choses en fourrure et des chaussures dorées. L'apothéose de la chair dans tous les coins. C'est alors que retentit la voix de Savannah. Je ne veux même pas répéter les paroles de cette chanson de night-club, quelque chose dans ce goût-là : « Si vous aimez faire ça comme ça, alors vous gênez pas. » Au milieu de toute cette corruption, je décelai une pureté angélique dans sa voix, et pourtant je me bouchai les oreilles pour ne pas souiller mes canaux avec les saletés que Savannah chantait – puis j'allai jusqu'à la porte et regardai par le trou de la serrure. Et c'est là que, les doigts toujours enfoncés dans les oreilles, j'aperçus dans une lumière verdâtre la silhouette de cette espèce de femme-serpent. Oh ! c'était le mal, le vice personnifié ; c'était contraire à tout ce que le Bon Dieu avait souhaité pour elle. Mais du serpent sortait une voix qui, très nettement, avait des possibilités évangéliques. Pas de doute, Dieu avait tout mélangé, le Bien et le Mal... l'or et la crasse... le blé et la balle, et Il avait Ses raisons pour ça. A moi de faire le tri. En cette minute et en ce lieu, accroupie devant un trou de serrure, et les doigts au fond des oreilles, je vis se dresser devant moi la mission de ma vie. Ma vocation. Oui c'est là, à ce trou de serrure, que j'entendis l'Appel de Dieu.

Je me dis donc : Ruby Drew, il est juste et équitable que tu sois venue jusqu'ici, poussée par ton intuition et par l'aiguillon du Seigneur. Car la grande aventure de ta vie (qui devait, Seigneur Dieu, m'en faire voir de toutes les couleurs) est là sous tes yeux, en chair et en os, et tu l'observes par un trou de serrure, froufroutante de plumes et flamboyante de diamants. C'était bien l'éclair de la Révélation, dont furent éblouis un certain nombre de saints, sainte Sylvestre entre autres, et quelques saintes femmes comme elle ; tandis que je me redressais, non sans mal, vu que j'avais les pieds enflés et les genoux boursouflés de diabète, je murmurai : Merci Jésus.

Quand Savannah revint de son exhibition impie, j'entrai dans une de mes fureurs sacrées et me mis à lui arracher ses plumes sordides ; je la transperçai littéralement de flammes et d'éclairs, en déblatérant une espèce de sermon dans la pénombre de cette alcôve farcie de bijoux, cette caverne de Satan, sa loge. Mon attaque-surprise fut si fulgurante que Savannah tourna de l'œil ou tout comme, et me demanda quelque chose à boire – je trouverais ça, dit-elle en hoquetant, au fond d'un tiroir, dans un petit flacon. C'est alors que je me rendis compte de sa faiblesse, et de la débilité de sa conscience – signe qu'elle était mûre pour la conversion (car on nous a enseigné que les consciences infestées de péchés sont si à vif qu'elles ne supportent même plus une piqûre d'épingle ou le frôlement d'un fétu de paille, et qu'elles souffrent le martyre au moindre contact). Je laissai donc Savannah avaler quelques gorgées de ce qui avait une odeur de bourbon (j'y ai jamais goûté, Dieu merci ; je ne peux pas m'y faire) : elle restait étendue triste et toute blanche sous son fard, et il me parut alors que, malgré sa gaine ajourée, elle était en vérité le *vase d'élection* de Dieu. Et à nouveau je vis se dresser devant moi ma tâche de missionnaire du Christ. Je murmurai une petite bénédiction : « Ne détourne pas ton oreille au souffle de Sa voix ; tes gémissements ne Lui sont pas inconnus ; ton cœur est pantelant et tes forces défaillent ; tes os sont enfiévrés par tes clameurs nocturnes. Comme le cœur soupire après les sources, après Dieu ton âme soupire, ô Savannah ma blonde sœur. » Savannah pleurait doucement car les belles phrases poétiques l'ont toujours émue jusqu'aux larmes, c'était une fille si sensible, si passionnée en un sens.

« Crois-tu que tu es condamnée à ne plus voir la lumière de Dieu simplement parce que tu as des tentations de ce genre ? repris-je avec éloquence et tendresse. Crois-tu que Dieu réserve toujours la vertu aux bossus ou aux déshérités avec des oreilles décollées ? Non ma petite ! Il la met *en priorité* dans les créatures qui ont la beauté du corps et celle de la voix. Les choses délicates souffrent – la rose, et le jasmin doré. Remarque bien que je ne dis pas que le chou ne souffre pas. Mais la souffrance de la rose et du jasmin est... *abeuminable*. Et le Seigneur le sait !

Voilà pourquoi Il veut se servir des créatures que leur beauté rend désirables – leurs grandes tentations peuvent devenir la source de grands sacrifices et de grandes entreprises pour Sa gloire. La nature est ainsi faite... et la question pour toi, belle et blonde comme tu l'es, comblée des charmes de la chair, c'est de trouver le moyen de flageller et d'expulser cette nature qui se love autour des parties viles de ton être et qui attaque et frappe, frappe comme un serpent ! »

« Oui... murmura Savannah d'une voix mouillée. Mais je t'en prie, tais-toi une minute. »

« Dieu du Ciel, me dis-je, elle est l'instrument rêvé pour le salut des hommes. Même ses larmes scintillent comme des diamants. » A ces poupées-là, rien n'arrive qui n'ajoute à leur séduction naturelle ; et entre leurs mains, on est bel et bien fichu si on ne se tient pas sur ses gardes ou si on manque de caractère. Pendant un bref· instant je me sentis découragée, à plat, vidée d'énergie dans cette loge, et je me laissai aller, j'étais pitoyable à m'en dégoûter presque : une âme molle comme une chiffe, c'est tout ce que je possédais. Oui, oui, mais n'était-ce pas le Diable au corps de Savannah qui était en train de se payer ma tête ? Je me ressaisis, et en la regardant affalée sur le divan je me dis : c'est le Seigneur qui l'aura, même si je dois la fourrer dans un sac, la porter sur mon dos et la remettre à Prince de Lumière qui saura bien s'en débrouiller.

Le lendemain, nous montions dans le train de Philadelphie. Un type pas mal du reste et plus âgé que Savannah piqua un pas de course après le train, cours toujours mon bonhomme ! Je le vis, tout là-bas, balancer sa cigarette comme une grenade.

Dans le wagon on n'avait pas le cœur à causer ni l'une ni l'autre. Je laissai Savannah se décrasser de Saint Louis et de son night-club, à grands flots de larmes qu'elle n'essayait pas de retenir, le nez collé à la vitre. Je m'envoyai un sandwich au jambon et un chocolat Hershey ; quant à elle, rien à faire pour qu'elle mange une bouchée. Et c'est ainsi que Savannah toute blonde et blottie sur mon bras comme une tourterelle, vint à Philadelphie prêter son talent à Prince de Lumière.

CHAPITRE II

Il était grand, le visage avenant et la cuisse puissante comme une colonne. Il n'avait rien d'un gringalet. C'était un homme cent pour cent, et en pleine forme. Les femmes se sentaient tout émues en sa présence. Une fois de plus je fus amenée à méditer sur ce pouvoir mystérieux qui se cache sous notre armature charnelle. Mais Prince de Lumière était si éthéré, si angélique, avec une voix tellement douce, délicate, moelleuse, qu'on l'imaginait mal dans une situation compromettante, *sincèrement*. Il prêchait la pureté et la chasteté. Et si de vilains bruits couraient sur son compte, je me refusais à y prêter l'oreille – des mots en l'air, des ragots de jaloux. Je sais pertinemment qu'il se livrait à certains exercices : j'ai de mes yeux vu la page du livre écrit par un Hindou avec le titre du chapitre : « Exercices pour susciter la continence ». D'après la photo, cet Hindou était un petit maigrichon, accroupi ou à plat ventre, et tordu en tous sens – il se disloquait le corps dans des positions invraisemblables pour... susciter sa continence. J'aurais plutôt pensé qu'il avait besoin d'un autre genre d'exercices pour susciter le contraire, décharné comme il était ; mais on prétend que les petits hommes minces comme des fils sont les plus concupiscents – un mot magnifique. Je cherchai « susciter » et « continence » dans mon dictionnaire et les ajoutai à mon vocabulaire. Car voyez-vous j'avais entrepris de me constituer un vocabulaire, pour enfoncer à coups de bélier les portes barricadées du vice. Quoi qu'il en soit, Prince de Lumière était l'image vivante, l'apôtre de la pureté. Il ne se donnait qu'au Seigneur... et à plusieurs milliers de fidèles.

L'église de la Ferveur était un établissement de tout premier ordre. Elle avait vraiment de la classe. C'est Prince de Lumière qui l'avait fondée : il était terriblement jeune alors, vingt printemps tout juste. Ça avait fait un drôle de bruit quand on avait vu un homme si jeune, si séduisant, comblé par la nature de toutes les munificences du monde, choisir les voies du Seigneur et se vouer à la spiritualité. « La grande malédiction qui pèse sur nous, proclamait-il, c'est le désir, et nous devons brider le désir. Alors il ressortira dans les prédications, les chants sacrés et les actions vertueuses. Et notre unique désir sera le désir de Dieu. » Tel fut son sermon de la Bride, un sermon fameux qu'il prêchait avec une vraie bride à la main. Cette bride était munie de clochettes et il tirait de cette bride à clochettes des effets qui vous envoyaient des décharges électriques dans tout le corps. Tantôt il tapait dessus comme sur un tambour, tantôt il la faisait tournoyer avec un vrombissement de serpent à sonnettes. Parfois on aurait dit un fouet dont il cinglait l'ennemi invisible, tous grelots grelottant. Oh, Prince de Lumière en imposait ! Et ses grelots aussi ! Toujours est-il que la Bride était l'insigne de l'église de la Ferveur, et les fidèles en portaient un petit morceau épinglé pour montrer qu'ils étaient de bons et loyaux pratiquants.

J'étais le bras droit de Prince de Lumière : je m'occupais de toutes les petites routines de l'église, il m'arrivait même d'y faire le ménage. J'étais comme qui dirait doyen et surveillant général de la Résidence des postulants. Prince de Lumière, voyez-vous, n'admettait dans son église qu'un nombre limité de recrues pour l'épiscopat. Les candidats étaient triés sur le volet. Il choisissait le genre fougueux et volcanique, car ceux-là ont en eux la fournaise cachée qui, bien disciplinée, dégage l'ardeur la plus intense. Je veux dire par là qu'il leur faisait vraiment tâter de sa bride. Beaucoup d'entre eux se débridaient et prenaient le large, et un certain nombre étaient purement et simplement réfractaires à la bride (réfractaire, voilà un mot qui vous titille le palais) ; quelques-uns enfin étaient promus « évêques » dans d'autres églises. Savannah était un morceau de choix pour Prince de Lumière ; elle semblait faite sur mesure pour qu'il l'initie. Il lui octroya une bourse.

Avant l'arrivée de Savannah, la Résidence des postulants était, on l'imagine aisément, une véritable écurie de juments et d'étalons pleins de fougue et de feu. Les dompter, telle était la tâche à laquelle se consacrait Prince de Lumière. Il n'y avait que quatre postulants quand Savannah fit son apparition – dont deux mâles, qu'on devait bientôt perdre en route, l'un d'eux bifurquant vers une maison de santé (il buvait dans sa chambre), l'autre vers les affaires. J'avais eu des difficultés avec eux avant même d'aller chercher Savannah à Saint Louis. Mais sa venue anéantit les modestes progrès qu'ils avaient faits, non sans mal, sous la férule de Prince de Lumière. Dès la première semaine on vint frapper à la porte de Savannah depuis le couvre-feu jusqu'aux premières lueurs de l'aube ; et l'on entendait distinctement des allées et venues de pieds nus dans les couloirs. Finalement je dus placer une table devant sa porte, m'y installer à la lumière d'une lampe de bureau et y rester jusqu'au matin, comme une garde dans un hôpital. Prince de Lumière dit qu'après tout c'était un comportement naturel pour des postulants mâles, et ne s'en alarma pas. Moi je lui dis : on voit bien que vous ne veillez pas toute la nuit dans une cage à fauves. Il aurait pourtant dû se douter qu'introduire une fille aussi explosive que Savannah dans le paysage, ça risquait de faire du dégât. Savannah réclama un téléphone particulier pour sa chambre, une radio et la télé (Prince de Lumière fut ferme : pas d'antennes sur la Résidence ; mais elle eut sa radio). Elle insista aussi pour qu'on lui monte des sandwiches sur les minuit. Finalement tout tomba à l'eau, mais pas du premier coup.

Quant aux postulantes, c'étaient deux créatures austères, sans rayonnement aucun, même virtuel ; là, pas de problème, il n'y avait rien à brider. J'ignore pourquoi Prince de Lumière les avait engagées : elles devaient avoir un petit quelque chose, mais rudement bien caché, que ses yeux seuls pouvaient découvrir. Dès la première semaine je n'avais pu me retenir de lui dire : « Ces deux-là n'ont rien dans le ventre, c'est des cadavres, elles tomberont toutes seules. »

« J'ai dû racler les fonds de tiroir cette année, m'avait-il répondu. Mais je crois qu'en poussant un bon coup à la roue, j'arriverai à leur donner un petit vernis et à en faire des évêques présentables. »

« Impossible, lui dis-je. Vous vous mettez le doigt dans l'œil. Mais je vous ai amené Savannah et à elle seule elle vaut dix fois mieux que tout le lot. »

« Soyez bénie, Ruby Drew », me dit-il avec une caresse.

Mais Prince de Lumière n'en garda pas moins ces deux loques. Une nuit l'une d'elles piqua une crise de nerfs, cassa tout le mobilier de sa chambre et en fit un tas de bois à brûler : la chaise était transformée en margotins et le bureau crachait des flammes. Sa passion cachée avait soudain fait sauter le couvercle. Prince de Lumière était tout content et me démontra qu'il tenait enfin sa refoulée de virago par le bon bout. « Il fallait que j'arrive à libérer les forces à brider, ajouta-t-il ; maintenant le vrai travail va commencer. » Elle grimpa dans la chaire, se mit à prêcher un des sermons brillants qu'elle savait par cœur – on aurait dit un pétard enflammé ; puis elle hurla à Prince de Lumière qu'il pouvait « prendre sa bride et se la foutre quelque part », et disparut dans la nuit comme un buisson ardent. Drôle de scandale.

Restait la seule Lillian Krautsmeiser, la rescapée. Prince de Lumière comprit qu'elle ne serait jamais qu'un de ces prédicateurs genre Armée du Salut, consciencieuse, vaillante à l'ouvrage, toujours prête à rendre service. Elle ne risquait pas de s'enflammer, sans être tout à fait éteinte. Une brave fille, quoi. Lillian Krautsmeiser obtint son diplôme et fut nommée dans une église de Jersey : nous avons appris depuis que tout marche pour elle comme sur des roulettes, qu'elle est bien cotée parmi ses mendigots.

Quant à Savannah, Prince de Lumière savait qu'il avait en main une matière brute encore, mais de qualité supérieure. Il avait mesuré le risque, mais il se jeta à l'eau sans hésiter. Il prévint Savannah qu'il se bornait à emprunter ses talents au profit du Seigneur, lequel lui en rendrait le double. Et il s'y connaissait, pour emprunter au nom du Seigneur Dieu ! Il manigançait des prêts sans intérêt. Il était donc riche, et se prodiguait à tous vents, sans profit personnel. De la pure philanthropie. Prince de Lumière flairait en Savannah de telles possibilités de rendement que – eh oui ! – qu'il doubla et redoubla d'énergie pour la mettre au point.

Et c'est ainsi que Savannah entreprit d'étudier la diction et le débit vocal, apprit l'hébreu (nous sommes « Juifs noirs » de par notre origine) ; elle muait à vue d'œil ; elle expulsait de son organisme tous les résidus de sa vie sordide, sous la direction éclairée de Prince de Lumière. Il lui faisait déclamer des poèmes, prendre certaines positions de pieds pour la préparer aux exercices de la chaire, faire des gestes – gestes d'imploration ou d'accusation, le doigt pointé en avant, vierge de bagues. Cet entraînement était le plus intéressant à observer. Prince de Lumière tentait de mettre Savannah à l'aise dans ce lieu qu'elle occuperait un jour, la chaire. « Vous êtes comme une poulette, lui disait Prince de Lumière, qui fait connaissance avec son nid. Vous ne serez pas longue à vous décontracter, à vous remuer un peu et à découvrir les attitudes les plus efficaces. » L'ennui c'est que bientôt elle se décontracta et se trémoussa un peu trop – elle forçait la dose – et la chaire suscita maint problème ; ses gestes de night-club étaient si incrustés en elle que ses bras et ses jambes, et je passe le reste sous silence, avaient pris ce pli-là une fois pour toutes. « A ce train, on va croire qu'on vous casse les os et qu'on vous les remet en place », lui dit-il.

« Crotte alors, qui c'est qui veut se les faire casser ? » lâcha Savannah.

« C'est pour le Christ », répondit doucement Prince de Lumière.

Ah, il a eu de sacrés ennuis avec elle, c'est certain ; par instants il avait envie de tout envoyer promener. Que de fois il est venu me dire qu'il en avait par-dessus la tête, que Savannah était irrécupérable, qu'elle s'amusait à lui faire du charme, par exemple elle le fixait de ses yeux noirs, sans un battement de cils, pendant des minutes. Et ces yeux-là, quand ils vous accrochaient ainsi, vous ravageaient comme un incendie ou vous transformaient en bloc de glace. J'en sais quelque chose.

Ou bien elle s'enfermait dans sa chambre, mettait la chaîne de sûreté, et pas question de faire sauter la porte ! Alors on lui parlait par la fente, on essayait de la raisonner, de la calmer, mais vu qu'elle nous laissait dehors, il n'y avait qu'à attendre que ça passe. Un jour que j'écoutais la voix cruelle de Savannah invisible derrière la porte craquelée, une plume gracile aux chatoiements blancs sortit par l'entrebâillement – les plumes, le péché mignon de Savannah : elle en était folle. Nous étions fixés : elle avait sorti toutes ses robes de scène et les souvenirs de ses jours de gloire et se pavanait avec, cloîtrée dans sa chambre. « Eh bien, dit Prince de Lumière, attendons qu'elle élimine tout ça : elle fait sa purgation. » Et ma foi, il ne se trompait pas : au bout de quelques jours, on vit émerger une Savannah purgée et douce comme un mouton. Il lui avait fallu un certain temps, tout simplement, pour faire son petit rinçage intérieur.

Un beau jour, elle prit la clef des champs. Pas moyen de mettre la main dessus nulle part, elle s'était volatilisée. Prince de Lumière s'affola, comme s'il venait de perdre un oiseau précieux. Moi, je gardai mon calme : « Ne vous en faites pas, dis-je, où qu'elle atterrisse elle retombera sur ses pieds, je la connais ma petite Savannah. »

« J'espère pourtant qu'elle ne s'est pas laissée tomber », dit Prince de Lumière en clignant un tantinet de l'œil – du plus petit, car ses yeux n'étaient pas de la même taille, signe de distinction, selon lui : l'un voyait le Mal, l'autre le Bien, en sorte qu'il tenait en équilibre dans sa tête tout notre monde périssable. Quant à son clin d'œil en coulisse, il en disait long.

Les jours passaient et Savannah ne revenait pas ; à la fin je perdis patience.

« J'en ai plein les bottes de réformer ma sœur, dis-je, ça m'épuise, cette bagarre perpétuelle ; qu'elle aille se faire pendre ailleurs. » Mais Prince de Lumière, le cher ange, déclara : « Hélas ! Ruby Drew, il n'est personne qui ne quitte le droit chemin de temps à autre : la perfection n'est pas de ce monde. Jésus seul est perfection, nous, nous sommes mortels, limités, impurs et finis. » – « C'est pas moi qui dirai le contraire, dis-je. J'aime assez ce mot : *Fini.* En tout cas, ce qui est bien fini, c'est d'attendre comme ça. Je vais partir à sa recherche. »

« Je pars avec vous », dit Prince de Lumière.

Pendant trois jours on la chercha dans tous les coins, partout. Et cette recherche de Savannah me procura une grande expérience du monde, je dirai même du bas monde, que je n'aurais jamais connu si je n'avais eu une sœur comme celle-là à retrouver. Merci Jésus.

CHAPITRE III

« Allons tout de suite dans les quartiers à boîtes », lui dis-je.

« Je connais un endroit, dit Prince de Lumière. On va commencer par là. Les postulants en rupture de ban vont souvent y chercher refuge. »

Dans un bar grenat comme un cœur de betterave, qu'est-ce qu'on aperçoit ? Ma Savannah, qui trônait au milieu d'une compagnie bigarrée.

« Elle leur prêche la bonne parole », dit Prince de Lumière.

« Allons jeter un coup d'œil dans ce bouge, dis-je, prenons une chaise, et commandez-moi un cream-soda. »

« Elle utilise quelques-uns des gestes que je lui ai appris pour la chaire. C'est bon signe. »

« Oui, mais il y en a certains autres qui ne me paraissent pas très catholiques », dis-je.

« Patience, répondit Prince de Lumière. Elle avait soif de contacts humains. Elle a vécu trop longtemps en vase clos. Son instruction a été trop *de rigueur*[1]. »

« *Durriger* ?... » demandai-je.

---

1. En français dans le texte.

« C'est une expression française qui veut dire rigide, déclara Prince de Lumière. Il faut lui lâcher un peu la bride, détendre sa laisse. »

Brusquement Savannah sortit du bar. Nous la prîmes en filature. Elle allait d'un bar à l'autre, des verts, des bleus. Elle racolait un type ici, un autre là, et en moins de deux, elle en eut toute une meute à ses trousses. Je vous dis que c'était un véritable aimant ambulant.

Dans un de ces bars nous remarquâmes une femme qui avait une certaine allure, et un joli chapeau à fleurs. Elle se tenait perchée sur son tabouret comme si elle n'en était jamais descendue. Elle engagea conversation avec Savannah et j'entendis ce qu'elle lui racontait : elle avait eu la veine d'avaler un morceau de verre en déjeunant sur le pouce au *Blanc-Manger* ; elle avait craché deux gouttes de sang, avait demandé à la direction soixante mille dollars de dommages-intérêts, avait transigé à l'amiable pour cinquante, et, grâce au *Blanc-Manger*, elle menait maintenant une petite vie tranquille et confortable, avec un appartement dans une avenue qui donnait sur un parc. Et puis, ajouta-t-elle, la direction lui avait fait cadeau d'une carte d'invitation permanente, pour lui témoigner son bon vouloir. On la voyait tous les soirs au *Blanc-Manger*, où elle se tapait la cloche, toute crainte apaisée.

J'entendis Savannah lui dire : « Je savais bien que vous étiez une femme de ressources. Venez donc avec moi. »

Savannah demanda alors où il y avait un dancing et le barman lui donna le renseignement. Elle voulut régler son addition, mais plus de bras que Bouddha n'en eut jamais se tendirent autour d'elle pour payer. Ce fut la femme du *Blanc-Manger* qui y réussit la première.

« Encore un bon signe, me dit Prince de Lumière, cette aptitude à lever des fonds. »

Puis Savannah sortit bras dessus bras dessous avec la

femme, et la meute lui emboîta le pas. Prince et moi reprîmes notre filature, à distance prudente.

Elle nous entraîna dans une rue sombre, un vrai coupe-gorge : de chaque porte se déversaient des flots de musique de juke-box. Çà et là des gens aux allures louches déambulaient ou se chuchotaient à l'oreille. Savannah, toute fringante, se frayait hardiment sa route dans ce labyrinthe d'enfer, et quand sur la chaussée ses talons cliquetaient il y avait un déclic dans les yeux. Plusieurs fois j'eus peur qu'on l'attaque, car des types se faufilaient jusqu'à elle, lui murmuraient des choses, etc., mais elle se défilait toujours, sinueuse comme une anguille bien huilée. Prince de Lumière et moi suivions à la traîne, dans le noir, et, je dois le dire, nous faisions notre éducation. J'eus la vague impression qu'il redressait un peu la crête et il me sembla, en le regardant du coin de l'œil, qu'il frétillait quelque peu. Je me dis même que ce *coq* aurait assez bien fait dans le tableau, s'il n'avait choisi, par abnégation, la voie de la lumière et de la pureté. Ce territoire-là, c'était la partie *coquine* de sa personne, et, quinquets grands ouverts, il observait en connaisseur toutes les scènes et jusqu'aux moindres détails de l'univers des vils appétits. A un carrefour Savannah disparut. Nous l'avions perdue.

Une Mission était à deux pas, nous y entrâmes. Dieu du Ciel, quel sinistre spectacle ! Un quarteron de soûlards essayaient de chanter « La Suprême Bénédiction ». Il me sembla qu'ils faisaient un petit effort pour s'amender, et j'offris à l'un de ces pauvres ivrognes de charitables paroles d'encouragement ; il me répondit d'une voix graillonneuse de ne pas l'en...nuyer, qu'ils étaient obligés de chanter des hymnes et d'écouter le sermon tous les soirs s'ils voulaient manger à l'œil et crécher sur une paillasse au premier. Puis il me demanda : « Et vous, vous avez des ennuis, la petite grosse ? » J'en fus offusquée mais me contins. Prince de Lumière se leva et annonça qu'il aimerait dire une prière pour toute l'assistance. L'officiant, qui avait une figure de papier mâché et un cou de poulet cerclé d'un col suffisamment vaste pour y loger un goitre, lui donna l'autorisation d'un geste de la main. Prince de Lumière dit une prière douce au cœur, apaisante ; il implora le secours divin pour les errants et les sans-foyer, et déclara qu'il demandait spécialement au Ciel de protéger une malheureuse qui s'était détournée des voies du salut et se trouvait maintenant livrée aux embûches d'un monde de tentations et de séductions insidieuses. La prière était longue : un des hommes s'endormit ; un autre marmonna des jurons trop blasphématoires pour que je les répète ; un troisième semblait se raconter à lui-même, avec force gargouillis, une histoire sans fin. C'était un spectacle passionnant et une bonne expérience pour moi, qui songeais sans cesse à *mon* église, dès que Savannah aurait son diplôme de prédicateur. En somme, je faisais là un vrai travail de chercheur. Je savais que l'église que je fonderais sous l'autorité de Savannah ne ressemblerait en rien à ce lugubre trou. Bref, la chasse à Savannah m'entraînait... à mes tâches futures.

Nous quittâmes la Mission et reprîmes la route. Nous longeâmes un mur où on lisait en grosses lettres F.U.C[1].

« Ah ! s'écria Prince de Lumière. Regardez bien ça. Il y a quelque chose de changé, enfin ! »

« Dans quel sens ? » demandai-je, inquiète de le voir aborder pareil sujet.

« Depuis un bon moment, dit-il d'un ton doctoral, la mode est d'utiliser ce vocable anglo-saxon aussi fréquemment que possible, surtout dans les livres. Je ne sais pour-

---

1. Le développement qui suit interdit au traducteur d'utiliser l'équivalent français de ce verbe, dont l'orthographe intégrale est *fuck*, et la définition : « avoir des relations sexuelles (avec) ». (*Partridge, Dictionary of Slang.*)

quoi, les gens se sentent incités à exprimer toutes leurs émotions, sauf justement celle qu'il implique, par le truchement de ce monosyllabe. Eh bien, voici enfin quelqu'un qui en avait tellement assez de l'écrire qu'il n'a même pas eu le courage d'aller jusqu'au bout, qu'il a jeté son morceau de craie et poursuivi sa route. Nous verrons bientôt reparaître dans les livres et sur nos murs les jolis mots d'antan, comme "désespéré" ou "désolé". »

« Euh, euh ! » dis-je.

Nous arrivâmes alors dans une espèce de boulevard plein de lumières au néon, où le vent nous envoyait à la figure des morceaux de papier et des détritus de toute sorte.

« C'est ce monde-là qui est notre *adversaire*, dit Prince de Lumière. Il faut le considérer avec compassion et sérénité. Nous suivons en ce moment un filon qui regorge de trésors en puissance, le filon que nous devons exploiter. Donnez-nous la force, Seigneur ! »

« Ah, quel parfait serviteur du Bon Dieu ! me dis-je. Je suis fière de suivre et d'exploiter ce filon avec lui. Il est l'ange gardien que Jésus m'a envoyé, mon mineur au cœur pur. »

A cet instant un gros bonhomme qui titubait vint se cogner à nous et il m'envoya un coup de canne si violent dans la cheville que je poussai un cri de douleur : « Aïe ! vous ne pouvez pas regarder où vous mettez les pieds ? »

« C'est un aveugle, Dieu le protège », dit Prince de Lumière.

« Va te faire foutre et ta sœur avec », dit l'aveugle en s'éloignant d'un pas alerte.

« C'est un faux aveugle, constata Prince de Lumière. Il faut lui pardonner son langage. Il est possédé du démon. »

« Je me sens de taille à le sauver, dis-je. Je lui cours après. »

« N'en faites rien, dit Prince de Lumière. Nous n'avons qu'un pécheur à sauver pour l'instant, et c'est Savannah. Venez ! »

Nous repartîmes. Tous les péchés mortels du monde déambulaient cette nuit-là sous nos yeux, dans la lumière mauve de la rue. C'était un défilé de loques, d'imposteurs, de vulgaires cinglés, d'aveugles, d'ivrognes qui sortaient des saletés aux femmes, de vieux clochards cassés en deux qui fouillaient les poubelles et gueulaient des obscénités ; deux filles passèrent dont Prince de Lumière me dit que c'étaient des garçons.

« Et pourquoi qu'ils font ça ? » demandai-je.

« Je vous le dirai une autre fois », répondit Prince de Lumière.

Je n'aurais jamais pensé qu'il existait une telle légion de déchets et d'épaves ; je les avais sous les yeux, mes adversaires, et ce pullulement d'humanité sordide émoustillait mon ardeur combative.

« C'est la nuit qu'ils sortent », dit Prince de Lumière.

« Comme les cafards », ajoutai-je.

« Et votre charité ? » dit-il.

« *Mea culpa* », psalmodiai-je, humblement.

« Qui c'est qui t'a fait sortir de tôle, ma cocotte ? » jeta une voix éraillée. Pour en être une c'en était une : elle était assise sur le pare-chocs d'une voiture en stationnement ; il y en avait une autre auprès d'elle, et elles fumaient ensemble. Rien qu'à la manière dont elles tenaient leurs sacs à main, je devinais que leurs intentions n'étaient pas pures. J'en restai muette. Avant que j'aie eu le temps de reprendre mes esprits, l'autre jeta : « Dis donc, petit ! faut que tu en aies rudement envie ! »

Alors je fonçai sur elles et les repoussai l'une à ma droite, l'autre à ma gauche comme un arbitre à un match de boxe.

« En voilà des manières ! leur lançai-je au visage. A-t-on idée d'aborder comme ça des gens respectables qui marchent dans la rue ? »

« Je suis actrice, dit l'une ; t'excite pas, ma grosse ! »

« Fous-lui la paix, dit l'autre en riant ; elle est plus gonflée que toi. »

« Et lui donc ! » reprit la première.

« Qu'est-ce que tu fais, chéri, tu r'conduis la boniche ? »

Elles éclatèrent de rire en balançant leurs sacs. J'étais humiliée, mais Prince de Lumière s'approcha de moi et me dit : « Partons, Ruby, car elles ne savent pas ce qu'elles font. »

« Zut alors, il en a de bien bonnes ! » s'écria l'une d'elles alors que nous prenions le large.

« Demandez donc à Dieu qu'il vous accorde un peu plus de sang-froid », me dit sévèrement Prince de Lumière.

« Aidez-moi », lui dis-je d'une voix dolente : je me sentais mollir, et je glissai mon bras sous le sien. Et je pensai : « J'ai autant de pain sur la planche avec ma nature que Savannah avec la sienne. Il ne faut plus que je la juge aussi durement, aidez-moi Jésus. » Mais c'était si agréable de descendre le boulevard au bras de Prince de Lumière qu'une minute après j'avais tout oublié de Savannah. Alors je me dis : « Ruby Drew, tu ferais mieux de retirer ton bras, et de rentrer lire le chapitre du livre hindou. Quand tu sors, ma petite, tu te suscites des complications qu'il va falloir résoudre à coups de prières et d'exercices. » Je ne sais pourquoi, je me mis à penser à mon ex-mari et curieusement, pendant quelques secondes, je fus secouée par des émotions violentes, qui me brouillèrent l'esprit. J'étais si énervée que Prince de Lumière me dit : « Vous tremblez comme une feuille, Ruby Drew, n'ayez pas peur ! »

« J'ai faim », lui répondis-je et comme si le Démon, dont nous arpentions le royaume, avait compris mon désir et tenait à le satisfaire, voilà qu'apparut devant nous la *Dînette bleue.*

Nous entrâmes, et Prince de Lumière dit : « Que Dieu vous bénisse tous ! »

Les gens se retournèrent comme un seul homme et le dévisagèrent comme s'il avait l'intention de leur passer les menottes. « Madame voudrait un hamburger, un moyen, avec de la moutarde. »

« Et un cream-soda », ajoutai-je en prenant un siège.

Il y avait de drôles de particuliers dans cette *Dînette bleue*, je vous dis que ça. Je ne veux même pas vous parler de la serveuse. Impossible. Un bossu vendait des lacets de chaussures, mais Prince de Lumière me dit qu'il était persuadé que le type avait bien d'autres choses à proposer.

« Ce que j'admire en vous, Prince de Lumière, c'est votre connaissance étendue de ces bas-fonds et de leur faune. »

« C'est parce qu'autrefois j'en faisais partie, m'avoua-t-il, en m'ouvrant son cœur. Jadis j'étais le plus fieffé pécheur qui arpenta jamais les trottoirs de la ville. Tout ce que le monde des sens peut offrir, je l'ai possédé, avant que je m'en détourne à jamais. » Et les yeux de Prince de Lumière, surtout celui qui avait le clignement facile, s'allumèrent comme des yeux de tigre dans la nuit, et son visage s'altéra alors qu'il me dévoilait son passé. Cette marche dans la cité nocturne faisait ressurgir en lui ses coupables années.

« A quinze ans, dit-il, j'étais émancipé. »

« Quel joli mot », dis-je.

« Etant émancipé, j'ai traîné dans les rues, celles de Chicago. Et ce sont des *rues*, Ruby Drew ! Vous levez le petit doigt et tous les plaisirs affluent, tout le cortège des péchés, stupéfiants, débauche, jeu, alcool. L'alcool, poursuivit-il, voilà quinze ans que je n'y ai pas touché ! »

« Apportez-moi donc un autre cream-soda », jetai-je à la serveuse, qui était vraiment une fille impossible : elle continua de boire son café et de fumer sa cigarette comme si de rien n'était.

« C'est Lui que je fuyais par les rues tortueuses, reprit-il. Puis il y eut cette femme splendide, et j'avais seize ans. C'était Lilith ressuscitée. Lilith, ma sombre amante ! »

« J'ai connu une fille de l'Alabama qui s'appelait comme ça, lui dis-je. Voudriez-vous avoir l'*amabilité* de m'apporter un autre cream-soda », lançai-je sèchement à l'impossible serveuse.

Elle s'exécuta enfin, le regard réprobateur, me sembla-t-il, comme si elle estimait que j'avais assez bu.

« Il y a des gens dont on ne pourra jamais rien tirer », remarquai-je, alors qu'elle s'éloignait. Mais elle ne daigna pas se retourner.

« Lilith, dit Prince de Lumière, et sa voix devint rêveuse, c'est elle qui m'a initié à l'amour charnel, c'est elle qui m'a ouvert les portes de l'enfer. »

« Bonsoir chéri », susurra une fille en passant près de notre table pour gagner la sortie. Elle était restée assise au comptoir, dans une pose provocante, à reluquer Prince de Lumière – mais sans succès.

« Et c'est ainsi que je dirigeai mes pas vers l'océan des plaisirs charnels, psalmodia Prince de Lumière. Je me vautrai dedans, m'y plongeai, y sombrai, revins à la surface, pour m'y vautrer encore, encore, toujours. Je me mis à tromper ma Lilith, puis à tromper celle avec qui je l'avais trompée, et ainsi de suite, une autre, une autre... J'étais le roi du trottoir – complets sur mesure, chemises de soie, cravates de soie, épingle à rubis, boutons de manchettes ornés de diamants, chaussures de daim souples et douces. »

« Mince alors, vous deviez être joli garçon ! » murmurai-je devant mon soda.

« J'étais le fils du Démon », dit Prince de Lumière. Il s'assombrissait à vue d'œil. « Mais je ne pouvais plus m'arrêter sur la pente. C'était la Chair qui me poussait. Le Désir. Non, je ne pouvais plus m'arrêter dans ma chute. »

« Et qu'est-ce qui vous a tiré de là ? » demandai-je.

« Deux morts », dit-il, sinistre.

« Lesquels donc ? »

« Ma Lilith aimée et... le fils du Démon. Un matin Lilith se jeta d'une fenêtre. Elle me laissait tout son argent. »

« Ça se montait à combien ? » demandai-je.

« Une fortune », répondit-il.

« Dieu soit loué ! dis-je ; et que Dieu ait son âme ! »

« C'est alors que je sauvai la mienne. Persuadé que c'était ma conduite criminelle qui l'avait poussée à son tragique destin, je tournai le dos, pour expier, à ma vie de débauche ; avec son argent, j'entrepris de fonder cette église de Philadelphie, à la gloire de Dieu, certes, mais aussi pour racheter ma vie de stupre et de crime. Fils du Démon, je mourus aussi ; et ce même jour Prince de Lumière naissait, qui est maintenant assis en face de vous, vivant témoignage de l'histoire qu'il vous a contée. »

« Bénis soient tous les saints ! m'écriai-je, quelle magnifique histoire, Prince de Lumière ! Jamais je n'oublierai cette soirée à la *Dînette bleue*. Tout le restant de ma vie je vais prier pour cette femme que vous appelez Lilith, afin que son âme trouve la paix et la tranquillité. »

« Alors je fis transférer tout mon héritage, par les soins d'un grand avocat, à l'église de la Ferveur – à l'exception toutefois d'une somme que je me réservais comme argent de poche, et que l'Eglise me sert sous forme d'allocations mensuelles. Quelques mois après ma conversion, je découvris un billet de Lilith qu'elle avait écrit avant de se jeter de la fenêtre, et glissé dans la poche d'un complet de haut luxe, coupé en Italie – je le portais rarement, je ne m'y sentais pas à l'aise, le pantalon était trop ample à mon goût. Le billet disait qu'elle avait un cancer et qu'elle ne voulait pas mourir à petit feu. »

« Seigneur Jésus ! » m'exclamai-je.

« Quant à moi j'avais expié ; ma conversion était un *fait accompli*[1]. Mon église de la Ferveur était fondée, et je lui avais légué ma fortune. En tout cas, ayant lu ce billet, je me sentais la conscience nette, et c'est alors que je vouai à Notre Sauveur toute l'ardeur dont j'étais brûlé, et que je devins l'homme que vous voyez devant vous. Je fis poser un vitrail doré à la mémoire de Lilith – au début, certains trouvaient que c'était de mauvais goût : ces gens-là étaient mesquins. »

« Pour sûr », dis-je.

Nous nous levâmes et sortîmes de la *Dînette bleue*, graves, avec entre nous un sentiment d'intimité qui jamais ne m'a désertée. J'avais conscience, en arpentant la rue à son côté, d'être auprès d'un saint qui avait subi l'épreuve du monde et en était sorti pur et sanctifié. C'était lui, bien sûr, lui seul entre un million, qui pouvait secourir Savannah.

Mais où était Savannah ? Nous décidâmes de retourner à ce bar grenat où nous l'avions rencontrée, et de demander au barman le nom du dancing qu'il lui avait indiqué. Nous y entrâmes donc : tout y avait maintenant une teinte rouge feu, les clients rougeoyaient comme les flammes de l'enfer, et la musique de juke-box, les rires, les vociféra-

---

1. En français dans le texte.

tions y faisaient un vacarme tel que nous eûmes du mal à saisir le nom du dancing que le garçon, en hurlant, tentait de nous faire entendre : le *Club Orondo.*

L'ayant enfin perçu, nous mîmes le cap sur le *Club Orondo.* Un spectacle de variétés s'y déroulait. Insipides variétés ! Dans un coin au fond de la salle se trouvait ma sœur Savannah. Elle parlait avec un homme rondouillard. La meute l'avait lâchée : elle avait dû rebuter son quarteron de « convertis », en piquant une de ses crises de colère. Mais elle n'était pas encore bridée : pas assez dessalée pour les amuser bien longtemps, pas assez évêque pour les retourner avec la Bonne Parole.

Je me levai brusquement et allai droit à la table où le pot à tabac était en conversation avec ma sœur. Je me plantai devant elle et dis doucement : « Savannah !... » Le rondouillard demanda : « Qui est-ce ? Ta mère ? »

« Sa sœur », dis-je.

« Asseyez-vous donc, dit le rondouillard, tout aimable. Je m'appelle Orondo McCabe, et je suis le propriétaire de cette boîte. Je voudrais vous causer du grand talent de votre sœur. »

« Est-ce qu'elle a travaillé ici ? » demandai-je à Orondo McCabe.

« Et comment ! » répondit-il.

C'est bizarre, il avait l'accent anglais et... une calvitie maison.

« Elle y a même eu un succès fou. J'aimerais bien m'occuper d'elle. Il faut qu'elle ait un imprésario. Tenez, j'ai qu'à décrocher le téléphone et je vous la détaille à une demi-douzaine de gars... »

« Elle n'est pas une vedette des téléphones, ripostai-je, et elle n'est pas à vendre, ni en gros ni en détail ; et puis elle a déjà un manager. »

« Qui ça ? » demanda Orondo McCabe.

« Le monsieur qui est assis là-bas. »

« Il s'occupe de night-clubs ? »

« Non, dis-je, des cœurs. Il est au service de Dieu. »

« Parce qu'Il a un club, Lui aussi, maintenant ? »

« Tu parles ! Et c'est une affaire qui marche ! »

« Dans quel secteur ? »

« Dans le cœur pour l'instant. Ce n'est encore qu'un rêve mais nous allons en faire une réalité. C'est pourquoi ma sœur Savannah subit un entraînement rigide, *durriger*. Elle sera bientôt au point. »

« Alors elle va être chanteuse d'évangiles », ajouta-t-il l'air dégoûté.

« Elle sera prédicateur chantant. Evêque. »

« Evêque chantant, quoi. »

« C'est ça. Aussi, bas les pattes, Orondo McCabe ! »

« Et alors, Savannah, qu'est-ce que tu en dis, *toi* ? »

« Oh, je ne sais pas... » répondit-elle en ronronnant comme une chatte. Elle n'avait pas l'air commode, et ça la démangeait de nous donner une bonne leçon, à Prince de Lumière et à moi. Ça sautait aux yeux. Je fis un signe à Prince de Lumière et l'appelai. Il vint à nous, avec son halo rayonnant. Savannah lui lança un regard de défi et rejeta sa crinière en arrière comme une pouliche rebelle qui croit qu'on va lui mettre la bride... Mais Prince de Lumière prit sa voix suave et enjôleuse : « Savannah, dit-il, ma chère enfant... »

Elle éclata en larmes, et nous la consolâmes sans la gronder ni rien, et Prince de Lumière dit en un soupir : « Allons, viens, Savannah, rentrons, mon enfant... »

C'est un fait que cette créature aimable, au cœur si tourmenté, pouvait toujours être sauvée – il fallait souvent la tirer du pétrin, mais il y avait toujours de la *ressource*, avec elle.

Nous nous levâmes, et comme Prince de Lumière

ramenait au bercail la brebis égarée, je pivotai et dis à Orondo McCabe :

« Mets *ça* dans ta poche, et ton mouchoir dessus. »

Et nous sortîmes en grande pompe, triomphants, du *Club Orondo.*

CHAPITRE IV

Elle se remit à ses exercices de chaire, plus *durriger* que jamais. Après son écart, Savannah, soumise, repentante, était la docilité même. Je dois dire que c'était touchant de la voir travailler ses sermons : de temps en temps j'étais autorisée à la regarder faire, mais en général, tout se passait à huis clos. Savannah, voyez-vous, était excellente pour le chant, mais le prêche n'était pas son fort – là elle avait besoin de donner un rude coup de collier. Prince de Lumière lui fit improviser certains sermons. « Supposez, lui dit-il un jour, que les bancs de la chapelle soient occupés par des alcooliques. Bon. Alors, allez-y ! »

Savannah fonça. « Ivrognes, s'écria-t-elle, ivrognes, qui levez si bien le coude, Notre Seigneur se voile la face quand vous vous écroulez, ivres morts. »

« Halte, dit Prince de Lumière du fond de la chapelle. C'est beaucoup trop violent. Recommencez-moi ça, plus calmement. »

Elle recommençait, et, guidée, cajolée par Prince de Lumière, elle y arrivait, à la fin.

« Vous avez sur vos bancs des débauchés, des joueurs, des faux témoins, des menteurs, des épaves solitaires », continuait Prince de Lumière. Et à l'intention de chacun de ces malheureux, il lui faisait élaborer une harangue. Si bien qu'au bout d'un certain temps Savannah eut cinq ou six sermons en poche – répertoire appréciable pour un début.

Vinrent les poèmes. Prince de Lumière lui fit apprendre par cœur une jolie petite gerbe de poésies émouvantes.

En voici une que j'appris moi aussi :

> *Ils me fuient aujourd'hui ceux qui me désiraient,*
> *Pieds nus ils arpentaient ma chambre et me cherchaient.*
> *Je les ai vus jadis soumis, doux et dociles,*
> *Farouches maintenant, ceux qui ont oublié*
> *Qu'un jour ils vinrent à ma main prendre le pain.*
> *Ils errent aujourd'hui, quêtant éperdument*
> *Un changement sans fin ; et seule sur ma couche*
> *Je restais les yeux grands ouverts...*

Ce poème me prenait aux entrailles, et Savannah le déclamait avec beaucoup de sentiment. Moi je fondais en larmes, sans savoir pourquoi. C'est plus tard que je compris, je vous raconterai ça dans un moment. En tout cas, j'avais l'impression d'avoir écrit ces vers moi-même.

Cependant Savannah continuait de progresser sur la route de l'épiscopat. Je la suivais comme son ombre, en lui donnant un petit coup de main par-ci par-là, servante fidèle et dévouée. Oh ! bien sûr, j'avais moi aussi mes soucis et mes luttes intestines, mais je les gardais pour moi, je ne les mettais jamais à l'air libre. Parfois Prince de Lumière m'accordait un long entretien spirituel ; parfois aussi, pour me changer les idées, j'allais faire un tour dans la chambre de Savannah. J'y éprouvais une impression de libération : volontairement j'avais fait de ma chambre une cellule de prison, ou de couvent, nue et glacée. Celle de Savannah était imprégnée d'une sorte de charme magique, celui-là même qui émanait d'elle – impossible de vous en défaire, il irradiait spontanément de sa personne, des lieux où elle se trouvait, des objets qu'elle touchait. Une femme telle que moi éprouve le besoin de se dépayser, quelquefois.

Depuis un certain temps je recevais de mon ex-mari des lettres odieuses. Je suis sûre qu'il les écrivait sous l'influence de l'alcool. Je ne l'avais pas revu depuis le jour où je l'avais quitté, sept ans auparavant. Il ne m'avait même pas envoyé une carte postale. Par hasard j'avais appris qu'il était descendu vers le Sud, et ça ne me faisait ni chaud ni froid. Et tout à coup voilà que m'arrivent de Chicago ces méchants billets. Il n'y allait pas de main morte : sans doute voulait-il que je me remette avec lui, sans quoi il n'aurait pas été si ignoble dans ses lettres. Il essayait encore de me laminer, de me réduire à zéro, comme il l'avait toujours fait quand nous vivions ensemble – c'était plus fort que lui, il fallait qu'il s'acharne sur moi, m'accable de critiques, et me nargue, et me mette plus bas que terre à chaque occasion. Pourquoi ? peu importe ! de toute manière il était trop tard pour tirer au clair ce mystère-là. Il n'empêche que ces lettres me tracassaient l'esprit, et que je me sentais à nouveau réduite à pas grand-chose : il aurait fallu que Prince de Lumière me remonte le moral, mais il n'était jamais libre, vu qu'il travaillait à huis clos avec Savannah. J'allais donc faire un tour dans la chambre de ma sœur.

Toutes ses jolies affaires de vedette étaient rangées dans une malle de théâtre avec « *Revue Sépia* » imprimé dessus. Une étoffe noire la recouvrait comme un cercueil de luxe. J'en possédais la clef : je l'avais soustraite à Savannah après sa récente escapade. J'avais un tel besoin de me dépayser l'âme que j'arrachai la housse et ouvris la malle. Mes yeux furent éblouis par des plumes vertes et pourpres, des bandeaux étincelants, des chaussures de couleur, et surtout par un manteau rouge et mauve garni de fourrure blanche. Je sortis le manteau de la malle. Je m'en drapai les épaules. Il m'était un peu long et tombait jusqu'au sol, mais il avait un chic ! J'avais l'impression d'être une femme... différente. Je fis quelques pas devant le miroir. Séduisante vision. Brusquement, une envie folle me saisit de revêtir quelques autres parures : je pris une étoffe scintillante et la passai autour de ma taille. Mais rien à faire pour l'agrafer. Je pris alors un turban orné de plumes d'où s'échappa un poudroiement d'accessoires pour arbre de Noël. Il m'allait, lui. Puis ce fut le tour de l'oiseau perché sur une longue baguette d'argent : ce fut aussi la fin de tout. J'avoue maintenant, et l'admets sans réserve, que quelque chose s'empara de moi et s'installa en moi littéralement, quelque démon qui habitait encore ces vêtements chatoyants, lorsque je les retirai de la malle de Savannah. J'entends que le démon de la gloire prit possession de moi, en commençant par le haut ; puis il m'enserra de ses spires frétillantes, et me pénétra comme un tire-bouchon, en me forant et me taraudant tout le corps : c'est lorsqu'il parvint à mes hanches que fut consommée ma ruine. J'étais comme une sauvage et la chanson éclata soudain dans ma gorge : « Si vous aimez faire ça comme ça, alors vous gênez pas » ; j'étais folle, je ne résistais plus à ce dérèglement immonde, et je me tordais et me lovais, secouée de frénétiques tremblements, et je chantais d'une voix éraillée que je ne me connaissais pas lorsque... la porte s'ouvrit. Grand Dieu, Savannah ! Elle avait encore la robe noire qu'elle portait en chaire. Je crus mourir. Dieu tout-puissant, les rôles, pour l'instant, étaient renversés. J'étais incapable de parler, je soufflais et haletais à tous vents. Sans dire un mot, je quittai parures et vêtements et les replaçai dans la malle ; je la fermai à clef, tranquillement, j'arrangeai ma robe et mes cheveux et, calmement, passai devant Savannah médusée, pris la porte et disparus. Puis je me ruai chez Prince de Lumière et lui confessai toute l'affaire.

« Dieu vous pardonnera, dit-il doucement, avec cette intuition profonde qui passe tout jugement. Simplement vous vous êtes efforcée de mieux comprendre Savannah et ses tentations. Voilà pourquoi vous êtes si bonne chrétienne... Vous vous sentez contrainte de subir les tentations des autres, pour leur donner en retour un surcroît de compassion, et vous abstenir de porter jugement. »

« Dieu soit loué ! murmurai-je du fond de mon abjection. Dieu soit loué ! » soupirai-je plaintivement, toute chancelante devant mon mur des lamentations.

« Parfois, vous allez jusqu'à essayer sur vous les tentations que subissent les créatures, jusqu'à traverser avec elles le brasier de l'enfer, afin de vous identifier avec elles. Vous me ressemblez beaucoup... »

« Dieu soit loué, Dieu soit loué ! »

« En vérité, dirais-je même, vous avez prouvé aujourd'hui que vous avez des droits à la sainteté. »

« Dieu soit loué, Dieu soit loué ! »

« Vous avez, si je puis dire, subi votre épreuve du feu. »

« Savannah a fait de moi une sainte – oh ! m'écriai-je, je ne suis pas digne ! »

« Mais vous pouvez faillir encore, sainte sœur Ruby, m'avertit doucement Prince de Lumière. Même les saints sont faillibles. »

A cette seconde il y eut une lueur dans l'œil qui volontiers clignait, et son visage se voila de tristesse.

« Tenez-vous sur vos gardes, conclut-il, car nous sommes mortels ; et poursuivez votre route dans la foi et l'humaine compassion. »

« Je poursuivrai ma route, dis-je, avec aux lèvres le

goût de cendre de la contrition, et, au cœur, le sentiment tout neuf de ma sainteté ; je la poursuivrai, dans la foi et l'humaine compassion. »

Comme j'allais franchir sa porte, il ajouta : « Laissez-moi donc la clef de cette malle pendant quelques jours. »

Je fouillai dans mon sac, j'en tirai la clef et la tendis à Prince de Lumière, comme un objet maléfique.

CHAPITRE V

En règle générale, Savannah consacrait au sommeil son jour de repos hebdomadaire. Je lui dis une fois : « Savannah, veux-tu qu'on passe la journée ensemble, comme deux sœurs ; nous pourrions prendre un bus, aller en ville, faire les magasins, boire un café et voir un film, si tu veux. »

Elle me prit au mot.

Nous montâmes dans le bus. Le troupeau habituel des sinistres ménagères l'occupait, et parmi elles une fidèle de l'église de la Ferveur tout endimanchée, près de qui je dus m'installer, faute de trouver une place à côté de ma sœur. Cette dame portait un chapeau de taille respectable et je lui demandai poliment de l'enlever, vu qu'il me masquait toute la vitre. Je crois bien qu'elle en retira quelque vingt épingles : je lui déclarai que si j'avais su que ça devait nécessiter une telle mise en scène, je me serais abstenue. Un ricanement fut sa réponse. Ce qu'on peut rencontrer de gens désagréables, dans ce monde !

Savannah était assise de l'autre côté du couloir central, avec, pour voisine, une petite femme fragile qui allait faire ses courses. Cette brève distance entre ma sœur et moi semblait symboliser notre destin : il en avait toujours été ainsi, et apparemment ça ne changerait pas. J'essayai de me faire entendre d'elle, mais elle semblait repliée sur elle-même ; elle me lança : « Braille pas comme ça ! »

Je me contentai donc de regarder par la vitre le défilé monotone des maisons de Philadelphie.

Nous descendîmes en plein centre et nous enfonçâmes aux profondeurs des rues : il y avait une telle cohue que nous avions du mal à marcher côte à côte, mais j'ouvrais le passage en force et remorquais Savannah, perchée sur ses talons hauts. Ses cheveux lui tombaient jusqu'aux omoplates et je me dis : elle ne fait pas distingué aujourd'hui ; pourquoi diable est-elle venue en ville atti-fée de la sorte ? Et pourtant, de temps à autre, on entre-voyait dans un éclair l'évêque futur qui était en elle.

Nous entrâmes dans un Woolworth. Je mis immédiate-ment le cap sur le rayon confiserie, et m'offris des crottes de chocolat au lait malté. Savannah était nonchalamment penchée sur les flacons de parfum.

Une grosse brute d'inspecteur tournicotait autour d'elle et, en arrivant à sa hauteur, je lui lançai, ma crotte de chocolat dans la bouche : « Passez votre chemin, inspec-teur », puis allai rejoindre Savannah et me postai à son flanc, en jetant derrière moi un regard méfiant vers l'indi-vidu. Il s'approcha de nous :

« Qu'est-ce que vous avez dans la bouche, madame ? »

La bouche pleine, je lui répondis : « A vous de devi-ner ! »

Prompt comme l'éclair il m'attrapa la mâchoire, fit une torsion : la crotte sauta comme un bouchon et roula à terre. Il tomba à genoux et se mit à scruter la chose. Alors qu'il se vautrait, abject, à mes pieds, je laissai choir ces mots :

« Qu'est-ce que vous espérez donc trouver dans un Woolworth ? des *perles* ? »

Il leva les yeux fort penaud, le doigt maculé de chocolat.

« Les voleurs emploient tous les trucs, dit-il. Je suis payé pour repérer les clients qu'ont l'air suspect. Comment ça va, ma beauté », miaula-t-il dans la direction de Savannah.

« Pourquoi diable me soupçonne-t-on toujours ? Vous, en tout cas, je pourrais avoir votre peau, et pour deux motifs », lui lançai-je d'une voix tonnante.

Il se remit sur pied, se planta devant moi : « Lesquels donc, s'il vous plaît ? »

« Voies de fait sur ma mâchoire et dénonciation calomnieuse. Réflexion faite, il y en a même un troisième : le plat. »

« Quel plat ? »

« Celui que vous faites à ma sœur. En conséquence mettez vos petons l'un devant l'autre et propulsez-vous, inspecteur... Et que ça roule ! » Je fis dextrement sauter dans ma bouche une nouvelle crotte de chocolat au lait malté. Il prit le large.

« Ça va mal tourner, dit Savannah. Où qu'on aille, on a des embêtements. »

« Oh, petite sœur blonde, dis-je, c'est parce qu'on sort de l'ordinaire. Les gens nous repèrent tout de suite et veulent attirer l'attention sur nous. »

« Je t'en supplie, cesse de faire de l'esclandre partout où l'on va », dit-elle avec une moue, et elle régla au vendeur un petit flacon de « Soir de Paris » qu'elle avait tranquillement acheté pendant l'échauffourée.

« On a bien le droit de parler, tout de même », lui dis-je.

Savannah sortit en trombe. Je la suivis, et nous allions nous bagarrer en pleine rue – suprême incongruité – lorsque je me dominai et lui dis : « Allons, ma chérie, c'est ton jour de repos et il était convenu qu'on le passerait comme deux sœurs qui s'aiment bien. Et nous voilà en train de nous crêper le chignon. Si nous prenions un bon café. »

« Je sais où on va aller, dit Savannah. Marche derrière moi, mais sans m'écraser les talons, s'il te plaît. » Je plaquai mes deux mains sur ses hanches pour ne pas la perdre dans la foule et la suivis en pivotant de la chaussure ; on avait tout l'air de danser le mambo. Je ris malgré moi, c'était trop drôle.

Brusquement, qu'est-ce qu'on voit paraître devant nous ? un *Blanc-Manger* énorme. Savannah alla coller son nez à la vitre pour jeter un coup d'œil. Je m'approchai et en fis autant. Tout était rose à l'intérieur.

« Je la vois ! » s'écria Savannah.

« Qui ça ? » demandai-je en écarquillant les yeux.

« La Dame du *Blanc-Manger.* Entrons. »

Savannah se rua dans le tambour et me laissa le soin de déterminer l'instant d'y insérer ma personne. Projetée dans la salle, je fus aveuglée par un ruissellement rose, mais je distinguai bientôt des garçons en smoking qui la sillonnaient, tandis qu'une musique parvenait à mes oreilles. Et là-bas, à une table particulière toute de rose protégée, trônait la Dame du *Blanc-Manger*, telle madame Blanc-Manger en personne. Invitée à vie, elle savourait son repas, voluptueusement.

La Dame du *Blanc-Manger*, sa surprise passée, accueillit Savannah avec dignité et contentement. Alors que je tentais de me glisser entre deux tables trop rapprochées pour que la position fût confortable, Savannah dit : « Voici ma sœur, Ruby Drew. »

« Nous nous sommes déjà rencontrées... mais d'assez loin, dis-je avec chaleur. Enchantée, madame. »

« Garçon, jeta la Dame du *Blanc-Manger* en frappant dans ses mains. Deux chaises pour mes invitées. » Elle était délicieuse.

Nous nous assîmes.

« La cuisine vous plaît-elle, aujourd'hui ? » lui demandai-je.

« Elle se laisse manger, répondit-elle. En fait elle s'améliore de jour en jour. »

« Je meurs d'envie de voir votre carte d'invitation permanente », dis-je.

« Qu'à cela ne tienne », répondit-elle en me la tendant. Elle était toute dorée, les lettres imprimées étaient d'argent, et le nom calligraphié avec maintes fioritures.

« Ravissant, dis-je. C'est du papier en gouffré ? »

« Gaufré seulement », reprit la Dame du *Blanc-Manger*.

« On dirait qu'il y a des petites choses brillantes incrustées dedans. »

« C'est de la nacre. »

J'allais lui demander si c'était ça dont elle se nourrissait pour jouir d'un luxe pareil, lorsque Savannah me coupa la parole :

« Ça serait un drame si vous la perdiez. »

« Oh, il y en a un double dans le fichier du *Blanc-Manger* et quelques photocopies dans celui de mon avocat. Au reste je suis connue ici comme le loup blanc. Je ne montre même plus ma carte. »

« J'adore cette immense salle rose », dis-je.

« C'est la maison mère, reprit-elle. Elle a fait des quantités de petits *Blanc-Manger* un peu partout, et tous également charmants. J'en connais les directeurs par leur nom, nous sommes devenus de vieux amis. Mais ce *Blanc-Manger*-là est le meilleur de tous, et je m'y suis installée à vie. On m'y trouve toujours entre trois et cinq. J'y téléphone, mes amis m'y font parvenir leurs messages de sympathie ou leurs S.O.S., j'y loue mes places d'opéra, j'y commande mes cosmétiques et mes somnifères. Les

Français ont leurs cafés, les Anglais leurs clubs et moi mes *Blanc-Manger.* » Là-dessus elle leva son verre de manhattan sec à la prospérité du *Blanc-Manger.*

Plusieurs garçons la remercièrent d'un profond salut. « Et vous autres, les sœurs, dit-elle, aimeriez-vous boire ou manger quelque chose, ou les deux ? »

« Ce n'est pas de refus », dit Savannah.

La Dame du *Blanc-Manger* frappa dans ses mains : « Garçon ! le menu, le menu ! »

Un garçon arriva avec deux immenses cartes. J'ouvris la mienne. « Jamais je ne lirai tout ça », dis-je.

« Commencez par la colonne de gauche et descendez lentement, me conseilla-t-elle. Vos yeux débusqueront des plats de sybarite. »

« Qu'est-ce que c'est que ça ? » dis-je.

« Vous connaissez ce jeune homme séduisant qui est assis là-bas ? Celui qui a un grain de beauté sous l'œil droit », intervint Savannah.

« Certainement, lui répondit-elle : c'est celui qu'on appelle le Casanova du *Blanc-Manger.* Il est ici tout le temps, lui aussi, bien qu'il n'ait pas de carte permanente. Lui *paie* ce qu'il mange. Mais on l'apprécie beaucoup dans la maison. Il invite toujours des gens intéressants. Il est, dit-on, décorateur, et le *Blanc-Manger* aime bien qu'il soit là pour décorer la salle. »

« Il me plaît aussi », dis-je.

« Dans ce cas je vais l'inviter à se joindre à nous. Garçon ! Garçon ! un autre manhattan sec, et priez donc le Casanova du *Blanc-Manger* de venir jusqu'ici. »

Le Casanova du *Blanc-Manger* s'exécuta. Il était grand, mince, avec des cheveux grisonnants et je lui trouvai un petit air étranger ; on fit les présentations. Il me fut instantanément sympathique, et je devinai que c'était réciproque. Naturellement Savannah lui fit du charme et prit ses airs de princesse, mais j'eus l'impression qu'elle se donnait du mal pour rien et qu'il avait percé son jeu dès la première minute. On bavarda un moment, et brusquement le Casanova du *Blanc-Manger* se leva. « Tiens, voici les amis que j'attendais, dit-il, bonsoir. » Et le voilà parti.

Il se dirigea vers un couple qui entrait ; le jeune homme était aussi blond et avait le teint aussi clair que sa compagne. Il me sembla qu'ils étaient ivres l'un et l'autre, car ils riaient bruyamment ; la jeune femme tirait un gentil petit chien noir, qu'elle alla déposer au vestiaire. Le trio s'assit à une table, et le couple se mit à boire verre sur verre, puis à se disputer ferme. On entendait aboyer le petit chien noir, du fond de son vestiaire.

Je dis alors qu'il me plairait d'essayer le Poulet Blanc-Manger, et Savannah commanda des crevettes roses. Lorsque mon poulet arriva, mes doigts se mirent à en arracher des lambeaux, et Savannah m'envoya un coup de pied sous la table. Ce bon petit repas terminé, nous prîmes congé de la charmante hôtesse du *Blanc-Manger*. Ces moments agréables passés en sa compagnie avaient sauvé notre journée.

Mais sur le chemin du bus, nous nous aperçûmes qu'il ne nous restait pas assez d'argent pour payer le retour.

« Pas étonnant, tu as tout dépensé avec ton eau de Cologne », dis-je à Savannah sans aménité.

« Et tes crottes ? » répliqua-t-elle hargneusement. Une fois de plus tout était gâché. Il s'était mis à neiger. Il ne nous restait plus qu'à faire à pied les deux bons milles qui nous séparaient de l'église de la Ferveur ; nous nous mîmes en route, malheureuses comme des pierres, et plus éloignées l'une de l'autre que jamais. Au bout d'un certain temps, une voiture nous doubla puis s'arrêta ; un homme tendit par la portière une tête plutôt sympathique et offrit de nous prendre à bord.

, « Non ! » lançai-je en me drapant dans ma dignité.

« Une minute », cria Savannah à pleins poumons, et elle partit au pas de course vers la voiture.

« Attention, c'est un inconnu et il fait nuit noire ! »

« Oui, mais il a une voiture, me répondit-elle ; tu te figures pas que je vais marcher dans la neige jusqu'à l'église avec mes petits souliers décolletés ! »

Nous nous bousculâmes à la portière, mais Savannah réussit à entrer la première, et s'installa *à côté* du séduisant conducteur.

Le temps de dire ouf, ils avaient filé.

Je repris la route de l'église de la Ferveur. La neige tombait et j'étais glacée, abattue. Rien de ce que j'entreprenais avec Savannah ne s'achevait pacifiquement. Il y avait de tels remous en elle que la paix lui était toujours refusée. C'était la bride de Prince de Lumière qui la sauverait, à condition qu'on parvienne à la lui passer un jour.

J'arrivai enfin à la Résidence des postulants, exténuée, la mort dans l'âme. J'inscrivis mon nom sur le registre ; j'y vis la signature de Savannah. J'allai à sa porte et vérifiai qu'elle était fermée de l'intérieur. Ma sœur était rentrée au port, sans dommage.

CHAPITRE VI

Le temps s'écoula avec ses hauts et ses bas, ses sacrifices et ses combats, et enfin, un beau jour, Savannah reçut son diplôme de prédicateur.

Elle fut ordonnée évêque avec une pompe si émouvante que les anges du Ciel y auraient pleuré. C'était sa vraie « première ». A côté, *Aïda* avait l'air d'un spectacle pour théâtre de banlieue. Un chœur de plusieurs centaines de voix occupait la tribune de l'église de la Ferveur. Il y avait une mise en scène extraordinaire, et Savannah fit son entrée en descendant lentement quelques degrés, revêtue d'une longue robe épiscopale en crêpe de Chine blanc. Les spectateurs en avaient le souffle coupé. Douze petites filles ouvraient la marche et jetaient des pétales de roses sous ses pas (l'une d'elles trébucha et tomba sur son petit derrière, mais le chœur donna de la voix et couvrit l'incident) ; une douzaine de bambins agitaient des palmes derrière Savannah. Elle vous rappelait cette peinture où l'on voit Vénus sur une moitié de coquille : en fait, Prince de Lumière déclara que, telle Vénus surgie des flots, elle s'élèverait de l'église de la Ferveur jusqu'en une chaire d'or, et répandrait des fleurs printanières sur ce monde de laideur et de désolation. Oh ! il fit un splendide discours, tout en gardant la haute main sur le déroulement du spectacle. Vêtu d'une soie italienne à la blancheur immaculée qui lui moulait jusqu'au moindre muscle, il était l'illustration vivante du désir bridé. Il supervisa toute la cérémonie, et il n'y eut pas un seul accroc. Sa douceur, sa tendresse pour Savannah bouleversaient les cœurs. Il la bénit, l'embrassa, dit des prières sur Savannah agenouillée, et la sacra évêque. Certains prétendaient que ça ressemblait à un mariage – celui de Savannah avec Prince de Lumière ; après tout, ç'aurait été sans doute préférable à tout ce qui devait arriver par la suite. Des vagues de larmes déferlèrent sur l'assistance, puis les bravos crépitèrent, avec des cris soudains et des syncopes spirituelles chez les plus démonstratifs. Toutes les émotions humaines se déversèrent dans l'église de la Ferveur, comme rigoles dans l'eau brillante d'une rivière. Il y eut des conversions spontanées au pied de l'autel (plus tard Prince de Lumière me dit qu'il avait été submergé par un afflux de candidats à l'épiscopat, chauffés à blanc par la cérémonie : jamais la Résidence n'aurait pu héberger pareille foule). Sans arrêt des confessions publiques jaillissaient – tous les péchés du monde fusaient dans l'église de la Ferveur. Et moi, pendant ce temps-là, je versais des torrents de larmes. Sincèrement, je crois que ce fut le plus beau jour de ma vie. Lorsque Savannah, évêque maintenant, se leva et entonna le « Adieu, Adieu, ô mon Amour », je me mis à chialer comme un veau sur mon banc.

Tout cela était trop ravissant et triste, trop triste, quand on y songe après coup. Et pourtant, c'était la Vision béatifique offerte à nos regards émerveillés, comme le déclara Prince de Lumière dans son prône. Il nous entraîna des Champs-Elysées aux Célestes Prairies, et je ne cessais de songer à cette journée où j'entrai, missionnaire de Dieu, dans la loge de Savannah à Saint Louis, afin de la soustraire à ses plumes et à ses diamants, pour la vêtir enfin, idole de milliers d'hommes et de femmes au cœur pur, de la virginale blancheur du crêpe de Chine épiscopal. Ce jour glorieux était aussi le mien, merci Jésus.

Quantité de notabilités assistaient à la cérémonie, y compris la Dame du *Blanc-Manger*, très chic, et qui m'adressa un salut de la main.

Alors Prince de Lumière fit la quête pour Savannah et ajouta un chèque personnel de mille dollars ; comme, d'un geste superbe, il le laissait tomber dans la corbeille, il dit : « Pars avec Dieu, ô mon Amour. »

Après quoi il y eut un buffet, et je ne sais pourquoi tant de mes fidèles paroissiennes portaient de si gros bouquets à leur corsage. Avec les officiels, j'accueillais les invités et l'on m'avait placée au côté de l'évêque Savannah. Il fallait voir comme je rayonnais !

Sur le quai de la gare, Prince de Lumière nous dit au revoir et nous donna sa bénédiction; nous versâmes encore quelques larmes. Un orchestre se mit à jouer, des vivats jaillirent de la foule, des mains se brandirent vers nous. Et ce fut le départ.

CHAPITRE VII

Aujourd'hui, ce n'est pas l'argent qui manque, oh! ça non, dans l'Eglise de Dieu. L'évêque Savannah et moi-même arrivâmes à Brooklyn pour y fonder la Sainte Eglise de la Lumière du Monde (la S.E.L.M.). Ma sœur aux cheveux d'or me nomma administrateur. J'aurais dû prendre un avocat-conseil pour rédiger un contrat noir sur blanc, mais tout fut réglé entre nous, à l'amiable. C'est à cause de ça que je me suis retrouvée proprement dévaluée – mais je vous raconterai ça en son temps.

La Sainte Eglise de la Lumière du Monde n'était ni plus ni moins qu'une cage à lapins comme celle qui nous vit naître. Avec l'argent que nous avait donné Prince de Lumière nous fîmes l'acquisition de ce qui avait été jadis une modeste boutique, dont il ne restait plus alors que la carcasse, des planches disjointes d'où pendouillaient des lambeaux de vieilles affiches, avec des obscénités ins-crites dessus. Nous nous mîmes à laver, frotter, manier marteaux et clous, et ça prit enfin tournure : le souffle des lieux sacrés souffla quand la poussière fut retombée. Nous nous installâmes dans l'arrière-boutique – logement certes bien simple – et le bâtiment sur rue, avec sa longue façade, devint notre humble chapelle. Nous fîmes un autel sans prétention (le moindre chandelier nous semble déplacé sur l'autel de Dieu), et disposâmes des bancs – des bancs durs, pour le postérieur des pécheurs.

L'évêque Savannah travaillait d'arrache-pied. Elle chantait, prêchait sur le trottoir, attirait les foules dans l'église, des hommes principalement, à la manière d'un aspirateur, avec une incomparable puissance de succion. L'évêque se comportait comme si la S.E.L.M. était son petit club à elle, dont elle aurait été la vedette. Elle commençait par des cantiques et enchaînait avec un sermon. Il lui arrivait de chanter son sermon : c'était le clou des séances de gala, qu'elle avait mis au point avec Prince de Lumière. Quant à moi, je faisais du porte-à-porte, quêtant pour notre église – et j'étais toute humilité et pauvreté, dans ma robe gris cendre. Un dollar par-ci, vingt-cinq cents par-là, ça finit par faire boule de neige.

Savannah était de plus en plus belle, et plus blonde chaque jour : elle attirait des foules de plus en plus compactes ; quant à moi, les dons que je recevais croissaient et multipliaient, même si parfois des athées ou des ivrognes me rudoyaient, en paroles ; quoi qu'il en soit, le tour de chant et l'exhibition de ma sœur aux cheveux d'or étaient imbattables. Les gens en quête de salut aiment voir un joli minois et un corps qui n'ait pas l'air d'un sac à je ne sais quoi, et nous misions à fond là-dessus. Pourquoi les disciples de la Sainte Parole n'auraient-ils pas droit à un brin de coquetterie – ça donne un peu plus d'éclat à la Sainte Parole, dont on a si grand besoin ici-bas. Les gens affluaient donc de tous azimuts pour entendre et voir un évêque à la blondeur si séduisante. En un tour de main ils étaient mués en donateurs. Bon nombre lâchaient jusqu'à quinze dollars par dimanche. Nous avions le vent en poupe, sous l'effet combiné de la séduction physique et du sens pratique. J'étais fière de celle que j'avais convertie, et de la réussite totale de ma divine mission. Je me rendais compte maintenant que j'avais eu raison : Savannah était la justification vivante de ma conviction intime. Je me grisais de mon triomphe, et pendant quelque temps je fus pleinement heureuse de mon sort. Mais Savannah, incapable de résister au désir d'augmenter toujours le nombre de ses fidèles, rechercha des moyens inédits et audacieux pour parvenir à ses fins. Sa théorie était que l'Eglise est un théâtre et qu'elle se doit d'offrir à ses fidèles une chance de transformer en spiritualité leurs émotions simplement cérébrales – une Eglise moderne, quoi. Elle se souvint d'un numéro à succès de la *Revue Sépia* et décida de le convertir, à la manière dont elle-même l'avait été, aux us et profit de l'Eglise, associant ainsi le badin et le grave, compte tenu de ce que ces deux éléments cohabitent dans notre nature. Ce que j'en dirai seulement, c'est que cela impliquait d'une part des fonts baptismaux de taille, de l'autre un certain point de vue franciscain. Un ensemble vocal de qualité la soutenait de ses rythmes de jazz, et l'éclairage était superbe. Ce qui avait tout l'air d'un blasphème suscita en fait tellement de baptêmes que les conduites d'eau n'arrivaient plus à fournir aux besoins des âmes... ou des corps ? A vous de faire votre choix. Qu'importe, ça prenait toute l'allure d'un triomphe à Broadway. On s'ébattait davantage dans les fonts baptismaux que des oiseaux dans une mare par les chaleurs d'été. La liste des membres bienfaiteurs s'allongeait à vue d'œil. Malgré tout, il me semblait que Savannah y allait un peu fort : il n'y avait plus de limites, et son exhibition risquait d'être interdite à tout moment. Mais non, elle faisait salle comble tous les soirs, avec des gens debout jusque dans la rue.

Savannah, alors, se mit à jouer à la star : ça devenait de la folie pure : elle fit dresser devant l'entrée une marquise de toile avec son nom en lettres de feu ; elle donnait des interviews et parlait à la radio, avait masseur attitré et coiffeur quotidien. Elle rencontrait des agents de publicité, se faisait réserver des emplacements dans les journaux pour sa réclame personnelle. Je commençai à m'énerver et demandai une communication P.C.V. avec Prince de Lumière. « Ne vous affolez pas, me conseilla-t-il. Ne lui mettez pas de bâtons dans les roues. Elle est dans la bonne voie. Tout cela va s'ordonner et s'orienter vers le seul service de Dieu. »

Et ma foi, c'est ce qui arriva. Prince de Lumière, comme de juste, avait vu clair. Lorsque Savannah réussit à dominer son succès, ses sermons s'emplirent d'une ferveur stupéfiante. Les convertis tombaient à ses pieds comme moineaux qu'elle eût descendus à coups de paroles. Raides morts. Et des richards, pas des pouilleux de mission.

Ce fut l'époque des vaches grasses, croyez-moi. Ma sœur aux cheveux d'or sillonnait, dans sa limousine, les quartiers populeux en distribuant aux pauvres ses bénédictions, et elle éblouissait les grands de ce monde aux dîners du « Club des Célébrités ». Elle avait alors une secrétaire – une pimbêche qui sortait d'une université : je ne pouvais pas la sentir et j'avais le moins de rapports possible avec elle. Elle restait des journées entières au téléphone, un appareil à quatre boutons. Je me demande bien qui elle pouvait appeler. Qu'importe du reste, j'ignorais sa présence.

Néanmoins Savannah conservait à la S.E.L.M. sa simplicité originelle – là, pas le moindre chiqué. Je lui en étais reconnaissante. Mais j'y voyais aussi la preuve de son étonnant sens commercial : car les gens rutilants adorent faire leurs dévotions et éprouver de saintes émotions dans un cadre humble. Cette église-là, on aurait dit du vison dans une boîte à chaussures. Si elle ne brillait pas par les cierges, les diamants y flamboyaient de toutes parts. A eux seuls, ils auraient illuminé l'église : les bancs en étaient constellés. Quelle clientèle !

Avec les bénéfices de son église, ma sœur aux cheveux d'or acheta une maison sise dans la même rue. Elle l'appela la « Résidence de l'Evêque ». Elle agrandit la S.E.L.M. en repoussant mes pénates au fin fond du bâtiment; je vécus désormais dans une pièce minuscule. Je fus blessée, mais j'acceptai cette translation avec humilité, et continuai de faire le ménage de l'église et de vivre paisiblement dans son ombre. De toute évidence, on me laissait doucement tomber; mais je sus conserver ma patience, merci Jésus.

N'empêche que je suggérai un jour à Savannah de faire une petite retraite – ne fût-ce qu'un week-end. Or l'Eglise vous propose ce genre de refuge – vous rentrez en vous-même et récupérez la fraîcheur de votre âme; dans la solitude, vous l'invitez à vous rendre compte de ses actes, vous la retournez en tous sens, la décrassez, la purifiez; et puis, l'âme remise à neuf, vous reprenez votre place parmi les humains. En un mot, vous mettez de côté votre corps, un certain temps du moins. Voilà ce que je suggérai à Savannah. Ah là là ! On aurait dit que je lui arrachais les yeux.

Elle poussa les hauts cris : « Une retraite ! Laisser mon corps en rade ! Mais je la fais tous les jours ma retraite : ma retraite, c'est mon église. Si j'ai songé à quelque chose, c'est à prendre huit jours de repos dans une petite auberge au bord de la mer, en laissant mon *âme* ici. Figure-toi que le corps aussi a besoin de retraite, de temps à autre. »

« Le tien en a rudement besoin, c'est certain. Car tu vas le démantibuler, à te contorsionner comme ça dans les fonts baptismaux. Et ça te suffit pas ? Il faut que t'ailles tortiller du derrière sur les plages de l'océan ? Ça ne change pas, tu joues sur les deux tableaux, pour mieux arriver à tes fins. »

Sa riposte fut cinglante : « La ferme ! » jeta-t-elle à la manière dont on abat un atout maître ; puis elle prit la porte, et c'est moi qui étais refaite. Pas de doute, elle commençait à me serrer la vis. J'opérai un repli stratégique pour consolider mon front et essayer de lui tenir tête. Malgré tout, on faisait encore un tandem potable, puisqu'on travaillait l'une et l'autre dans le même but. Et je suis persuadée que notre association aurait tenu debout si Satan en personne n'était entré dans la danse pour tout empoisonner, tout jeter à bas, désarçonnant d'un coup Savannah et moi-même.

Un beau jour donc ce petit monsieur parut sur notre scène.

CHAPITRE VIII

Il s'appelait Canaan Johnson, et il faut reconnaître qu'il était assez bien de sa personne. Il savait l'hébreu mais continuait de se perfectionner. Il était professeur et avait la peau noire comme l'as de pique. Il demanda à Savannah l'autorisation d'enseigner l'hébreu aux membres de la S.E.L.M. Comme nos ancêtres étaient les Juifs noirs, Savannah annonça à ses ouailles que Canaan Johnson se tenait à leur disposition pour leur donner des leçons d'hébreu – à un dollar vingt-cinq l'heure ; il était crucial de l'apprendre, ajouta-t-elle, si l'on voulait connaître la langue authentique de Jésus, et être correctement sauvé. Le vrai salut ne se fait pas avec des traductions, précisa Canaan Johnson aux fidèles. Naturellement, les gens se bousculèrent pour s'inscrire à ses cours. Puis, avant même que je ne m'en sois rendu compte, Savannah non seulement l'avait pris comme pensionnaire à la Résidence de l'Evêque achetée aux frais de l'église ; mais aussi bombardé administrateur de la S.E.L.M. à ma place ; je fus priée de plier bagage, et d'aller me percher dans un petit deux pièces (sans ascenseur) à l'autre bout de la ville. La S.E.L.M. s'agrandissait encore, ayant absorbé ma chambre.

Oh ! j'aurais pu détester ce Canaan Johnson, mais je me disais : je vais l'aborder gentiment, essayer de le sonder et de découvrir les défauts de sa cuirasse. Je convins avec lui d'un rendez-vous, pas à la Résidence, bien sûr, ni dans mon bout de studio, mais en terrain neutre, dans un petit restaurant avec chat.

Il y arriva, avec l'élégance de l'imprésario qu'il était devenu. Moi, j'attendais sur la banquette, avec le chat. Nous choisîmes une table.

« Vous êtes mon invité ce soir, Mr. Johnson », lui déclarai-je d'entrée.

« Ça sera un double scotch on the rocks, avec un doigt d'eau », répondit-il.

Je ne pipai pas. Je sentis contre ma jambe un frôlement caractéristique et dis entre mes dents : « Laissez vos jambes à leur place, Mr. Johnson. »

C'était le chat.

Ça commençait mal.

« Vous êtes nerveuse, ça se voit sur-le-champ », fit remarquer Canaan Johnson.

« Et moi je vous réponds sur-le-champ : mettez-vous un peu à ma place, pour voir. »

« Allons, détendez-vous, dit-il, avec une placidité toute masculine. Je suis ici pour un bon moment. »

« Dans ce cas, vous réglerez vos consommations vous-même », lui répliquai-je, désinvolte.

« Oh ! mais, je ne veux pas dire *ici*, Ruby Drew. J'entends à la Sainte Eglise de la Lumière du Monde. »

Le salopard de chat sauta sur la chaise à côté de moi. La panique me saisit et je me mis à piailler, et à tanguer comme une bouée. « Il va falloir emmener ce chat ailleurs, dis-je à la serveuse, je suis trop énervée aujourd'hui. »

« C'est votre petit copain, pas le mien », répondit-elle

en riant. Canaan Johnson lui fit écho avec son gros rire d'homme, et je pris le parti de rire aussi : ça fit une entrée en matière un peu plus encourageante. Je caressai le chat.

« Maintenant dites-moi d'où vous venez, Canaan Johnson ? »

« Ma chère enfant, déclara-t-il, je suis originaire de l'onde amère, né adulte. »

« Où est-ce, Londamer ? »

« Dans l'Oklahoma », dit-il avec un petit rire cynique.

« Et moi je suis née dans l'Alabama », lui répondis-je.

Canaan Johnson se rejeta en arrière et fit un geste... majestueux, comme s'il se drapait d'une cape. « J'ai été avec Thésée sur le bateau aux voiles noires, éperdu d'amour pour Ariane... »

« Ça ne m'étonne pas de vous. Qui était cette Ariane ? »

« Une princesse avec une couronne d'étoiles. »

« Bobards », répondis-je.

« J'ai parcouru le labyrinthe du Grand Taureau. »

« Ça se voit, dis-je : on ne s'y frotte pas sans que ça laisse des traces. »

« Vous êtes en train de gâcher vos charmes », dit Canaan Johnson.

Je lui renvoyai la balle : « Possible ; mais vous, en tout cas, vous avez des lèvres trop grosses », dis-je.

« Pour les baisers, c'est le nec plus ultra », dit-il, en les faisant saillir comme des bulles de gomme à claquer.

« Vous devenez pornographique. »

« Blagues à part, vous êtes charmante, Ruby Drew, et nous pourrions fort bien nous entendre si vous consentiez à vous décrisper et à acquérir un certain sens de l'humour – et de *l'histoire*. Je vais rester ici ; alors, pourquoi ne pas vous détendre et vous amuser de bon cœur ? Si j'étais votre ami je vous apprendrais des tas de choses et je vous tirerais de l'ornière monumentale où vous êtes enlisée. »

« Possible, mais il y a quelque chose qui accroche », dis-je en tirant un fil de ma robe.

« C'est parce que vous n'y mettez aucune bonne volonté », dit-il.

« Par quel bout voulez-vous que je m'y prenne ? protestai-je. Tout ce que vous dites est à double sens. Avec vous, on ne sait jamais si c'est du lard ou du cochon. »

« Des expressions pareilles ne doivent pas franchir le seuil de votre bouche, miss Drew. »

« C'est que je tiens à ne pas mâcher mes mots », répliquai-je.

« Ahahahahahah ! » Tout le restaurant fut secoué par son rire méphistophélique.

Le chat se tira.

« Qu'est-ce que vous avez à rire comme... un bouc ?... »

« C'est une bonne blague qui me revient à l'esprit », dit-il.

« Alors gardez-la pour vous. »

« Savez-vous que vous êtes gentille », dit-il, et ses lèvres ressemblaient à une chambre à air humide.

« Ne soyez pas stupide. »

« Vous êtes trop tendue, laissez-vous aller, que diable ! »

« Où ça, pas de votre côté en tout cas ! »

« Drôlement mignonne. »

« J'aimerais bien qu'on change de conversation. »

« Et qu'on passe de quoi à quoi ? »

« De moi à vous. »

« D'accord, Ruby Drew. Qu'est-ce que vous désirez savoir ? »

« Votre passé, et vos états de service. »

« J'ai pris part à la chevauchée des Sept Assassins de Palumbo. Nous nous mîmes en route de nuit, sur des chevaux tout noirs. »

« A qui en aviez-vous ? »

« Au Méchant Roi. »

« Qu'est-ce qu'il avait fait ? »

« Spolié les pauvres. »

« Spolié ? Ça veut dire quoi ? »

« Plus tard, dit-il, repoussant ma question d'un revers de main. Le Méchant Roi se mussait... »

« Se mussait ? Qu'est-ce que c'est encore que ce mot-là ? »

« Oubliez-le, dit-il en refaisant son geste, et n'interrompez plus le récit d'un conteur artificieux. »

« Pardon ? » dis-je. Mais Canaan Johnson continuait son récit toutes lèvres dehors, et avec ses mots à lui – et moi, j'étais déjà sous le charme.

« Le Méchant Roi se mussait dans une caverne *invisible*. Le seul moyen de la rendre visible, c'était de violer la Hideuse Princesse, sa hideuse fille. »

« S'il vous plaît, pas d'histoires cochonnes. »

« Elle est *classique*, et non cochonne. »

« Vous avez parlé de viol. »

« Dans le sens de rapt, d'enlèvement par la violence. Ce n'est pas une sinécure, Ruby Drew, que de vous raconter une histoire. Vous n'avez aucun vocabulaire. Maintenant, bon sang, où en étais-je... Je vous en prie, tenez votre langue jusqu'au bout. »

« Promis », dis-je.

« Comme je le disais, le seul moyen de rendre visible la caverne du Méchant Roi, c'était de violer la Hideuse Princesse Palinure. La Hideuse Princesse Palinure était... indiciblement repoussante. Cette hideur lui avait été assignée afin de garder à la caverne royale son invisibilité. En conséquence, pour tuer le roi, il fallait violer la princesse. Et les Sept Assassins de Palumbo filaient à bride abattue... »

« Sur leurs chevaux tout noirs », dis-je.

« Exact, dit Canaan Johnson. A bride abattue vers le palais de la Hideuse Princesse Palinure. Et ce palais était si répugnant qu'il était d'ordinaire impossible de l'approcher à moins d'un mille, car il en émanait des exhalaisons sulfureuses, et des milliers et des millions d'implacables moustiques vrombissaient alentour. Une douve à l'eau croupie ceignait le palais où la princesse, assise dans une cage bardée de barbelés, épluchait – et mangeait – des gousses d'ail. Qui aurait eu le cœur de violer *ça* ? »

Un petit cercle s'était formé autour de Canaan Johnson, et les gens l'écoutaient, bouche ouverte. Le chat était revenu et, assis sur son derrière, écoutait lui aussi.

« Et les Sept Assassins de Palumbo chevauchaient toujours, reprit Canaan Johnson. Arrivés à un mille du fétide palais, nous vîmes, à la jumelle... qu'il s'était volatilisé. *Lui aussi* était devenu invisible ! »

« En conséquence, il n'y avait plus qu'à violer le Méchant Roi pour que la Princesse Hideuse redevienne visible, dis-je. Mon Dieu, c'est bien trop compliqué pour moi. Je vais faire un tour aux toilettes. »

Quand je revins dans la salle, Canaan Johnson disait : « Et voilà comment le Méchant Roi fut traîné dans la plaine de Palumbo par les chevaux noirs des Sept Assassins. »

« Quoi, quoi ? m'écriais-je. Qu'est-ce qui s'est passé pendant que je me lavais les mains ? »

« A vous de deviner, Ruby Drew, me dit Canaan Johnson. J'ai mis les bouchées doubles pendant votre absence. J'ajouterai néanmoins que Palumbo me fit l'insigne honneur de m'offrir un médaillon orné d'une inscription, et que je le perdis dans un autre combat. Cet épisode-là – le siège de Sacro-Saint – je vous le raconterai une autre fois. Maintenant, il me faut rentrer à la Sainte Eglise de la Lumière du Monde : des affaires urgentes m'y attendent. »

Les bras m'en tombèrent. « Mais vous n'avez rien à y faire ! » protestai-je, non sans humeur.

« Mon bureau est couvert de paperasses. Il faut que je rentre travailler. »

Il se leva avec autant de majesté que s'il portait cape et épée, et je m'aperçus que je n'en savais pas plus long sur lui qu'à la minute de son arrivée : à n'en pas douter c'était un escroc de classe, un beau parleur au bagou inépuisable ; et, en ce qui me concernait, le séduisant héraut de funestes nouvelles.

Alors que nous sortions du restaurant, il me parut urgent de changer de tactique si je voulais coincer ce fripon : « Canaan Johnson, lui dis-je donc, je suis béate d'admiration devant votre vocabulaire, et j'aimerais vous faire une proposition : donnez-moi quelques leçons de vocabulaire anglais, à un dollar l'heure. » Je brûlais d'acquérir une armée de mots nouveaux, en même temps qu'une virtuosité de conteur comme la sienne : je les utiliserais à plein pour engager le combat contre mes ennemis – et *lui* était l'ennemi numéro un –, pour le confondre et le réduire au silence avec la dague de mon éloquence, qui lui fendrait la langue jusqu'à la voûte du palais. J'étais décidée à le battre sur son propre terrain. Car *moi aussi* j'ai la langue bien pendue, souple et agile dans les acrobaties verbales. Notre Seigneur la fit ainsi, merci Jésus. Canaan Johnson mordit à l'hameçon de ma proposition.

« *Natürlich*, dit-il, comme nous nous éloignions du restaurant au chat (où il m'avait laissée régler l'addition). Quand commençons-nous, ma charmante ? »

« Demain », dis-je.

« Eh bien, vous, vous avez le démarrage facile ! »

« Ruby Drew n'a pas de temps à perdre quand elle a quelque chose en tête », déclarai-je avec force.

« Va pour demain trois heures », acquiesça-t-il.

Nous commençâmes donc. Je décidai de jouer au plus fin avec lui, et, forte de mon alliance avec le Seigneur, de le culbuter, lui, le Prince des Ténèbres, avec ses propres armes.

« Je réduirai l'habileté de l'habile », dit saint Paul, et Ruby Drew avec. Il faut utiliser la ruse avec les ennemis du Seigneur – n'importe quelle ruse, si c'est pour la bonne cause. Je n'irai toutefois pas jusqu'à prétendre qu'on doive imiter Moniah Duke, laquelle forniquait avec le fornicateur. Ça, c'est de la luxure pure et simple, comme Moniah Duke le prouva sans tarder : elle chuta dans le brasier de la concupiscence, et se fit... convertir par le converti – horreur ! C'est maintenant une catin de bas étage et elle est dans le stupre jusqu'au cou, secourez-la Jésus. Mais jouez avec le joueur et battez-le à son jeu, feu contre feu. Pas question, bien sûr, de vous enivrer avec l'ivrogne, ça serait la fin de tout. Je pourrais citer des cas. »

L'Eglise, voyez-vous, n'avait pas de secrets pour Canaan Johnson. Il en connaissait l'histoire d'un bout à l'autre, les Pères, les Hérétiques, les Schismes et tout et tout, les Saints de jadis qui se perchaient sur des piquets dans le désert, qui vivaient dans des cavernes et avaient des visions de tentatrices dénudées. Mais voilà, l'Eglise ce n'est pas de l'histoire, c'est la Lumière et le Pain de Vie. Canaan Johnson, en d'autres termes, était tout intellect. Et l'intellect n'a jamais sauvé les âmes, nourri ceux qui ont faim, fait jaillir la lumière des ténèbres. C'était ni plus ni moins qu'un livre ambulant, un petit monsieur Londamer. Comment diable un homme peut-il être si rusé ? Car, pas de doute, il était en train de démolir l'amour de deux pieuses sœurs. Mais je mûrissais mon plan, comme je vous l'ai dit.

L'ennui avec Savannah c'est qu'elle avait beaucoup appris sans jamais rien apprendre – et cette variété-là est la plus dangereuse de toutes. Canaan Johnson disait qu'elle était une « femme d'instinct ».

« L'instinct, chez vous, est niché dans le cerveau », lui criai-je à bout d'exaspération. Jamais je ne l'aurais laissé prendre le dessus, à aucun prix. Mais c'était un « ennemi hérissé d'épines », comme dit la Bible, avec tous les outils de Satan à sa disposition. De toute évidence, elle était engagée, cette infernale bataille entre Canaan Johnson et moi, dont l'enjeu était l'âme de Savannah écartelée entre les puissances des Ténèbres et les puissances de la Lumière, et dont le trophée charmant n'était autre que Savannah elle-même, ma sœur aux cheveux d'or. Elle se savait digne du combat ; je crois même qu'elle y puisait un certain *plaisir*. Je me dis donc que je serais l'intellect, puisque Savannah était l'instinct. J'irais dérober mes armes à l'arsenal même de l'ennemi, pour le mieux jeter à bas. En d'autres termes, je violerais le Roi ! Et qu'il se débrouille avec ses chevaux noirs de Palumbo et ses trucs invisibles.

Les leçons commencèrent. Une drôle de corrida ! Je mis une jupe courte – pour tâter l'ennemi côté instinct : il dit que j'avais l'air d'un sac de pommes de terre variqueuses. Je fis alors donner l'intellect et j'appris des mots intéressants. Il m'enseigna assez de mots creux pour étendre raide mort un sénateur du Sud. Ses lèvres charnues semblaient faites exprès pour ça : les mots y venaient éclore comme des bulles de chewing-gum à l'état naissant. Je m'aperçus tout de suite qu'avec lui l'intellect rendait plus que l'instinct, au contraire de Savannah.

Au cours de nos exercices, il essayait de noyer le poisson avec des histoires sans queue ni tête chaque fois que je m'évertuais à l'acculer sur certains faits précis de sa vie : il se défilait toujours. « Ça ne prend plus, le coup de Londa... mer », déclarai-je. A la longue, je commençais à me faire une petite idée de l'individu. Mais de ma vie je n'ai rencontré péroreur aussi lippu que lui.

Nous passâmes une semaine sur les mots étrangers. J'appris du premier coup *sans, natürlich, de rigueur*, et les épinglai dans ma mémoire comme des étoiles d'or, car ce sont des mots qui font de l'effet dans une discussion. Nous consacrâmes aussi une semaine entière à des termes mythologiques : *Herculéen, Troyen*, entre autres. Une autre semaine me révéla d'admirables adjectifs, tels *exquis, enchanteur, impertinent*.

J'entrelardai notre étude linguistique de questions habilement amenées sur sa vie privée et sur son passé. Mais il était malin comme un singe ; il me glissait toujours entre les doigts et se réfugiait dans le maquis de la terminologie. Il aurait dû être avocat. D'autres fois, il jouait la corde sentimentale et essayait d'établir le contact côté instinct. Mais je maintenais fermement nos rapports sur le terrain de l'intellect. Mon pauvre cerveau était constellé de mots comme un arbre de Noël illuminé, mais il ne fallait pas m'en promettre.

Ce fut le mot *épistémologique* qui déclencha la lutte finale, surtout que je m'aperçus qu'il avait posé sa main sur mon genou malade, tandis que je m'évertuais à prononcer ce long mot vide ; la leçon s'acheva assez... fougueusement. « Tenez-vous-le pour dit : je suis invisible, lui lançai-je, tout comme votre tocard de Méchant Roi. Jamais, vous m'entendez, jamais vous ne découvrirez ma caverne. Vous n'êtes qu'un Assassin de *chaise-longue*[1]. »

Et je levai l'ancre avec mes bibelots sonores. Je n'en continuai pas moins à étudier mes mots, à les apprendre et les répéter. Je m'attaquai, avec mes seules forces, aux synonymes et aux antonymes, et je devins vraiment trapue.

---

1. En français dans le texte.

Mais mon beau vocabulaire ne mit pas fin aux ennuis que nous suscitait Canaan. J'appris, à quelque temps de là, qu'il avait acheté un piano (600 dollars), un orgue (3 000) et je ne sais quoi encore (100).

Je ne pipai pas (merci Jésus), et quittai l'Eglise de Savannah. J'envoyai une lettre de démission (recommandée), pleine de sérénité, de dignité, et vierge de tout orgueil – une prose magnifique. Puis je remisai mes certificats de prédicateur et me mis en quête d'un emploi honorable – genre femme de ménage – en attendant les événements. Vous dites ? Eh non, Savannah ne leva pas le petit doigt pour entrer en contact avec moi. Certes elle me fit parvenir un mot où elle me demandait d'y regarder à deux fois avant de commettre une bêtise. C'est ce que je fis – deux fois – mais je ne capitulai pas. Je dus prier de toutes mes forces, je vous le dis honnêtement, pour garder intacte ma piété. Je restai à bonne distance de la S.E.L.M. et de la Résidence de l'Evêque, avec tous mes mots qui bourdonnaient en moi. Pendant mon travail journalier je me les récitais à haute voix, et au cours de mes nuits solitaires dans mon humble logement je les disposais en colonnes, les rassemblais en phrases complètes, prêtes à entrer en lice contre Canaan Johnson. Ma colère montait, s'enflait, et mon courroux croissait, tel celui de Moïse dans le Deutéronome. Mais j'attendais, j'attendais toujours, sans faire un pas vers eux, et mon vocabulaire ne cessait de s'arrondir.

Tout le temps que j'astiquais, encaustiquais et aspirais, mon esprit tournait et retournait la conjoncture, et je faisais un long sermon blême à Johnson – mon chef-d'œuvre assurément, s'il n'avait été si muet. Jamais je ne m'approchais de l'église, sauf le samedi pour y faire un brin de ménage. Ce n'est certes pas pour Savannah ou Canaan Johnson que je m'y rendais ; je m'acquittais de ma dette envers Notre Seigneur : c'était ma dîme personnelle – en même temps qu'un moyen de savoir des choses par les voisins de la S.E.L.M. – mon dernier lien, quoi. J'appris ainsi que Savannah avait changé du tout au tout, qu'elle était de plus en plus prospère. Pour prêcher, me dit-on, elle portait une robe de soie aux formes profilées, ornée d'une étoile de diamants. C'est la faute à ses cheveux d'or, pensai-je, nous sommes les Juifs noirs, mais pas elle, et cette nuance-là a été sa malédiction, qui aurait pu être une bénédiction. Voyez ce que font d'autres handicapés de la nature, Mardochée Blake, par exemple, ce cul-de-jatte qui se propulse sur tous les trottoirs de Great Neck, et qui, au nom de l'Eglise, ramasse plus de picaillons qu'un gaillard qui déambule avec de solides compas.

Le temps passait, et je faisais mes ménages – sauf le samedi où j'offrais mes loisirs à la S.E.L.M. J'essayais toujours de me renseigner, je tirais des plans sur la comète. J'eus plusieurs communications P.C.V. avec Prince de Lumière : il était mon seul soutien moral. Il me conseilla d'attendre mon heure et de ne pas perdre confiance. A plusieurs reprises j'eus violemment envie d'aller le voir, pour causer avec lui et peut-être, qui sait, descendre l'avenue à son bras, comme la nuit où nous étions si proches l'un de l'autre. Un jour je n'y tins plus : « J'arrive, Prince de Lumière, j'ai besoin de parler et de faire un bout de chemin avec vous, comme nous l'avons fait une fois... »

Mais Prince de Lumière répondit : « Ne venez pas, sainte sœur Ruby, nous sommes déjà passés par là ensemble. »

Voilà qui n'est pas très lumineux, pensai-je. Mais je compris qu'il voulait dire qu'on ne fait pas la même chose deux fois avec les mêmes résultats à la clef : tout change, tout se transforme. On ne peut pas être et avoir été. Tel qui rit vendredi... etc.

Je repris donc ma route solitaire, et rengainai mon sentiment, merci Jésus. J'attendais que vienne mon heure, morose et calfeutrée avec mon seul chagrin, mais avançant tout de même, à renfort de prières. De temps en temps, j'allais à la Résidence de l'Evêque jeter, par la fenêtre, un coup d'œil à ce qui s'y passait. Il y avait toujours du monde, ça bourdonnait comme une ruche. Canaan Johnson avait introduit à la Résidence et à la S.E.L.M. une espèce d'élément intellectuel qui, en s'amalgamant avec celui qu'y attirait Savannah, les friands de spectacle et les toqués de magie, donna naissance à une mixture des plus originales. Ajoutez-y certaines bonnes femmes assez spéciales qui gravitaient autour de Canaan Johnson et le saupoudraient de leurs mignardises comme un gâteau au chocolat; ainsi le quatuor vocal de la S.E.L.M., un quatuor de phénomènes : deux sœurs d'abord, des vieilles filles à long cou avec des airs de mijaurées; puis une veuve munie de dents chevalines qui se déployaient dans la plus vaste bouche qu'on pût trouver de ce côté de la Boca Chica; une petite poupée enfin, avec un filet de voix de colibri, qui grimpait plus haut que Lily Pons, mais les trois autres la couvraient totalement, la pauvre, à se demander pourquoi elles la gardaient en leur sein. D'accord, dès le premier jour, elles avaient eu un vif succès à la S.E.L.M., et elles étaient encore d'incomparables rabatteuses de foules. Mais leur manière de tournicoter autour de Canaan Johnson vous donnait l'impression qu'elles étaient son harem. Le quatuor de la S.E.L.M. ne décollait pas de la Résidence de l'Evêque : il n'y avait qu'à jeter un petit coup d'œil à la vitre, de nuit comme de jour, pour les y apercevoir.

On rencontrait aussi un vieil aveugle pitoyable qui croisait sans cesse dans le secteur, mais pas pour le bien, je puis vous le garantir. Officiellement, il venait pour apprendre l'hébreu avec Canaan et pour que Savannah lui fasse la lecture. Mais il était pourvu d'oreilles de belle taille, remplies comme une corne d'abondance de cancans, de ragots, et tout ça lui ressortait par la bouche en un torrent aussi néfaste que scabreux. Il vous expliquait que lorsque Notre Seigneur vous retire la jouissance d'un organe, Il double la puissance d'un autre. Toute sa vie s'était réfugiée dans ses pavillons – mais je dois dire qu'il y en avait un petit reste dans ses doigts. Lesquels, lorsqu'il cherchait à tâtons les objets autour de lui, allaient parfois tâter là où ils n'auraient pas dû. Franchement, ce moineau-là s'y entendait pour les pinçons. Remarquez bien que je ne voudrais pas médire de mon prochain, surtout, grand Dieu, des handicapés du Ciel. Mais je suis sûre que ce vieux-là exploitait sa cécité. Moi, en tout cas, je ne m'approchais *jamais* de lui.

Ajoutez à la troupe deux jeunes fidèles, Jolly et Jamie – on aurait pu les prendre pour des jumeaux, mais ça n'était pas le cas. Savannah s'était entichée d'eux. Ils se mirent à en attirer d'autres du même acabit, l'aimant de Savannah étant toujours en état. Jolly et Jamie et leurs copains étaient de braves petits, au fond, et ils n'auraient pas fait de mal à une mouche – c'est vrai, ils voulaient de mal à personne. Mais ils introduisirent dans la S.E.L.M. quelque chose qui, à mon avis, la dégradait dangereusement. J'entends qu'ils la transformaient en une espèce de partie de plaisir. D'abord, ils étaient aussi m'as-tu-vu que des collégiennes. Ils portaient – c'est pas commode à dire – des costumes comme j'en avais jamais vus, même chez Bloomingdale's, avec des couleurs criardes et collants au possible. *Même* à l'église. Ils riaient tout le temps et tous avec le même rire. Sûr, c'étaient des jeunes gens bien aimables, mais on avait l'impression que leurs os n'étaient pas formés, peut-être même qu'ils n'en avaient pas. Ils vénéraient Savannah comme une reine; puis ils se prosternèrent devant Canaan Johnson, qui en fut assez flatté. Ils ne tardèrent pas à organiser des surprises-parties dans la Résidence épiscopale; je découvris même des olives dans la glacière réglementaire que l'église avait payée comptant de ses propres deniers. Savannah prétendait qu'ils montaient sur les planches et que, puisqu'elle-même avait connu dans le passé leur situation présente, son devoir d'évêque était de les façonner, de les convertir et de les sauver, tout comme elle l'avait été. Elle ne leur ménageait ni avis ni conseils, était pour eux un vivant témoignage, et les Mignons, comme on les appelait, s'inclinaient vers elle pour y chercher la lumière, tels des tournesols vers le soleil. Il ne m'était guère possible d'en discuter avec elle, et je me dis qu'en somme j'étais leur mère à tous puisque j'avais, à partir d'un night-club et de ses lubricités, déclenché la réaction en chaîne des conversions.

Mais est-ce à dire que cette maternité pouvait admettre ce que je vis un certain samedi soir quand, ayant fait mon ménage à la S.E.L.M., j'arrivai impromptu à la Résidence de l'Evêque? Le spectacle qui s'offrit à ma vue n'était guère propre... à combler d'aise une mère de mon espèce. Ils étaient six – Jolly et Jamie et quatre invités de leur âge – et se livraient à d'étranges galipettes.

« Ils nous présentent quelques numéros de leur acte, sœur Ruby Drew », gazouilla Savannah.

« De leur acte ? » dis-je.

« Oui, dans leur revue du Bronx, *Le Cocktail de cristal*.

Les Mignons n'étaient que plumes et scintillements, avec, aux yeux, des cils qui auraient fait pâlir d'envie un porc-épic.

Je les tançai vertement : « Vos aïeux étaient des Juifs noirs, m'écriai-je ! et vous osez corrompre avec vos ébats lubriques l'héritage sacré qu'ils vous ont légué en faisant, tout au long des âges, la chaîne de leurs paumes noires ? »

« Ça ne tient pas debout, grommela Canaan Johnson. Il faut marcher avec son temps, Ruby Drew, ou bien planter sa tente au milieu des champs, comme il y a un demi-siècle ! »

« Je crois en l'Eglise immuable ! » déclarai-je, retournant contre Canaan un de ces mots meurtriers qu'il m'avait enseignés.

« Mais non, la vitalité de l'Eglise vient justement de ce qu'elle s'adapte sans cesse aux variations de la condition humaine : la constance n'est pas son fort », rétorqua-t-il.

La constance : le mot me fit perdre un instant le fil de ma fureur sacrée, car il évoquait le visage d'une fille détestable qu'on appelait la Constance – ce n'était pourtant pas le moment de se laisser distraire par une figure pareille. Les vices de cette créature, tels des spectres, venaient se mettre en travers de ma mission sacrée. C'était une fille de Satan, j'en étais sûre maintenant. J'expulsai donc son visage comme une nausée, et mon regard rasséréné retrouva les Mignons : ils scintillaient toujours, agitaient leurs plumes, et leurs bouches émettaient de petits bruits pour exprimer leur impatience – ma pauvre mère faisait pareil jadis. L'un d'eux maniait une plume blanche à la façon d'un éventail. Ils n'avaient sur leur nudité que le strict minimum, et c'était si choquant que je n'arrivais pas à les regarder sans être aveuglée par ce spectacle impie.

Savannah reglissait au vice, ça sautait aux yeux. « O mon Dieu, m'écriai-je en moi-même, pourquoi faut-il que je passe tous les jours de ma vie à cautériser les plaies du Mal, je suis *esténuée*. Dès que l'une est guérie, voilà l'autre qui s'enflamme, et ça pullule comme souris en fromage. Seigneur Dieu, donnez-moi un moment de répit », m'écriai-je en mon for intérieur.

« Donne-moi donc un cream-soda, s'il te plaît, dis-je à Savannah. J'ai la bouche sèche, à force d'empêcher les mortels de redégringoler la pente du vice. Et prête-moi de quoi payer mon bus, ta sœur est à sec là aussi. »

Je dégustai le soda qui, s'il faisait, hélas ! grossir, fut comme la fraîcheur d'une ondée sur mes esprits chauffés à blanc ; l'un des Mignons emplumés s'approcha et dit : « Sœur, nous aimerions bien chanter un joli cantique avec vous, quand vous vous serez imbibé la gorge de cream-soda. Nous reconnaissons tous que nous avons besoin de nous décrasser l'âme de temps en temps, et nous sommes si contents de chanter avec vous. »

Ses « s » me perçaient littéralement le tympan, tant il les susurrait. Mais il avait un gentil visage, une petite tête d'ange innocent, et d'emblée j'eus le sentiment qu'il y avait, pour lui et pour les autres, des possibilités de salut – car c'est bien de ce côté-là qu'il faut chercher l'âme à sauver, dans le scintillement et la splendeur frivole du péché. J'en eus une nouvelle fois la certitude.

Les Mignons firent cercle autour de ma chaise, alors que je dégustais le délicieux breuvage, et ils me suppliaient, comme d'innocents petits enfants, et j'étais entourée, caressée par tant de plumes que j'avais l'impression d'être une grosse mère poule. Alors je fus visitée par l'*inspiration* !

Oh ! la divine minute ! Saturée de cream-soda, je me rejetai en arrière et j'émis un cri – la première note de « Le voici l'Amour divin »…, et je me sentis inondée par l'amour de Dieu, et Sa voix chantait le cantique par mes lèvres, et les Mignons y joignirent leurs voix, puis ce fut le tour de Savannah – et Canaan Johnson nous observait, avec des signes de tête approbateurs, et je me disais : « J'avais tort, pardonnez-moi ô mon Sauveur, car je jugeais, et je jugeais ; oui, le bien est en toute chose, et ma sœur aux cheveux d'or fait du bon travail pour Vous – après tout elle est Votre évêque, et elle nous éblouit de sa Splendeur. »

J'étais rudement contente d'être venue.

CHAPITRE IX

Jusqu'au jour où Notre Seigneur me suggéra l'idée d'aller voir Savannah pour lui faire entendre raison et lui offrir mon aide. Je me rendis donc à la Résidence de l'Evêque et qu'est-ce que j'y trouve ? de beaux tapis persans sur le parquet, des housses de satin toutes neuves sur les meubles, que sais-je encore ? « Savannah, dis-je, j'apprends que tu arbores une broche en diamants qui a la forme de l'étoile de David, et un manteau d'astrakan, outre tout ce faste qui s'étale ici sous mes yeux. » Savannah avait toujours eu une voix grave, idéale pour le prône et le chant ; et voilà qu'elle se muait en voix de chaton : j'en eus le cœur brouillé. Elle n'était plus qu'artifice des pieds à la tête, et croyez-moi, ça sentait son Canaan Johnson à dix pas.

« Petite sœur, commençai-je, on a changé ta voix, tes jolis cheveux d'or virent au roux, vraiment j'ai peine à croire que tu es la même Savannah. Regarde-moi, que je t'examine un peu. » Mais les yeux de Savannah se détournaient des miens.

« Voilà que tu refuses de regarder ta sœur en face, dis-je ; mais toi, tu ne te gênes pas pour l'éplucher de A à Z, voir de combien elle a engraissé à cause de son diabête, repérer ses varices, dues à la surcharge qu'elle doit traîner. Et pourtant, quel que soit mon physique, je demeure au service du Seigneur. »

« Tu manges trop de choses à la crème », dit Savannah.

A quoi je répliquai : « Savannah, montre à ta sœur ta broche en diamants et ton astrakan. » Elle n'avait pas l'air très emballée : elle dit qu'elle n'exhibait pas ses objets personnels devant les gens. Elle ne les portait qu'à la maison, précisa-t-elle.

« Mais nous y sommes, répondis-je ; alors va les mettre. J'entends dire que le dimanche tu éblouis les fidèles avec ta broche en diamants : laisse tomber un peu de sa lumière sur ta pauvre sœur ! »

Elle ronronna et prétendit que Canaan Johnson n'aimait pas qu'elle montre ses affaires à tout le monde.

« Est-ce que tu comptes faire encore beaucoup de chichis, lui demandai-je, toute seule dans une chambre avec ta sœur née du même lit et du même sang ? »

Savannah pinça les lèvres et déclara que nous n'avions pas le même père et que je le savais bien. C'est fou ce qu'on peut arriver à manquer de charité !

Là-dessus toutes mes vannes s'ouvrirent et je lui dis ses quatre vérités, comme Notre Seigneur m'avait donné mission de le faire au cas où j'y serais acculée – pour le bien de Savannah. « Savannah, tu es une fille de Babylone et tu sais ce que ça veut dire. Ce Canaan Johnson reste au lit toute la journée avec ses livres, tandis que toi tu vas à ton travail. C'est fatal, il finira par te rouler, si ce n'est déjà fait. Et tu le *paies* pour ça. C'est le Diable incarné. Fais-moi le plaisir d'écouter ta sœur avec qui tu cherchais des épinards sauvages dans les marais pour en faire des salades ; avec qui tu marchais pieds nus dans les prés en chantant des cantiques à Jésus. Souviens-toi de ta mère qui t'avait toujours à l'œil. Si tu as oublié les jours de ta jeunesse, alors que ta langue se fende jusqu'à la voûte de ton palais. Nous passerons sous silence ta fugue à Saint Louis, où tu as dansé dans la *Revue Sépia* en 1952 ; retenons seulement ceci : c'est moi qui t'ai arrachée de là, amenée à Philadelphie, c'est moi qui ai sauvé ton âme. Vas-tu donc rechuter ? »

Et j'enchaînai : « Oh, dis-je, tu es la seule blonde de la famille, choisie par Jésus pour une mission hors série, et voilà que tu te laisses obnubiler par ce rat de bibliothèque ! Il est malin, je te le concède, il sait l'hébreu et étudie toute la journée dans sa chambre – mais à tes frais, et pour te laisser tomber un jour, et empocher les fruits de ton travail. »

Savannah se contenta de répondre « euh, euh ! » d'une voix languissante et impie, genre Lana Turner.

Je poursuivis : « Il faut absolument que tu le destitues de son poste d'administrateur de la S.E.L.M., puis que tu m'y réinstalles, avant que tout ne tombe entre les pattes du Démon. J'ai dû me remettre à faire des ménages parce que je me suis volontairement retirée de l'Eglise. Mes certificats de prédicateur dorment dans le tiroir de mon bureau mais ils n'ont rien perdu de leur valeur. Tu n'ignores pas, Savannah, que je suis un peu trop forte et que j'ai du sucre dans le sang à revendre. Petite sœur que le Seigneur a comblée de Ses bénédictions, Savannah, psalmodiai-je, *voudrais-tu enfin m'écouter ?* »

Mais elle restait de glace, immobile devant moi, les bras croisés dans une position dédaigneuse, comme s'ils étreignaient les... idées que Canaan lui inculquait en autres choses : ce gaillard-là ne manquait pas de moyens, d'accord.

Je me levai pour partir : « Savannah, dis-je, tu es la plus belle et la plus aimable, mais les grands talents engendrent les grandes tentations, j'en sais quelque chose. Et je sais aussi que Prince de Lumière... »

« Ce pédé », lança-t-elle, mais je glissai sur l'injure et fonçai droit devant moi.

« Je sais que Prince de Lumière... »

Mais elle me coupa net, fâcheusement.

« Ce fruit véreux », dit-elle.

« Des arbres du Paradis Prince de Lumière est le fruit, répondis-je. Je sais que Prince de Lumière t'a promis un jour que si tu faisais offrande de ton talent au Seigneur, Il t'en restituerait le double ; hélas ! c'est les tentations qui ont redoublé. Qu'importe ! il te reste au moins un beau sujet de sermon : la multiplication des tentations. Crois-tu donc qu'elles furent épargnées aux disciples de Jésus ? »

Elle ferma les yeux, se mit à onduler et soupira : « Ach ! », comme si quelque chose lui causait du plaisir.

Je poursuivis sur ma lancée : « Avant de partir, j'aimerais pourtant que tu m'accordes une toute petite tentation : aie le courage de passer ton manteau d'astrakan pour que ta sœur diabétique, ex-administrateur de la Sainte Eglise de la Lumière du Monde, te voie avec ; et n'oublie pas d'y épingler ta broche en diamants. »

A ma grande surprise, elle sortit de la pièce et y revint toute parée. Elle s'arrêta devant moi, vêtue de ce manteau qui ressemblait à la chevelure de Jésus telle qu'on nous la décrit. J'étais muette de saisissement : quel spectacle, grand Dieu – peut-être, tout de même, un peu trop matériel, s'agissant d'un évêque. N'était-ce pas une erreur que de l'y avoir incitée ? Je lui fis retirer ses souliers et ses bas, et elle se tint pieds nus devant moi, telle que la Nature et le Bon Dieu l'avaient faite avant que Canaan Johnson ne lui eût mis aux pieds ses mules impudiques. Mais elle n'avait pas des jambes d'évêque, pour ça non. Je commençai à chanter doucement « Telle que je suis et sans te supplier ». Alors que je chantais, je notai un petit frémissement, timide, certes, chez Savannah, comme si elle se rapprochait de moi. Mon cantique ramenait son cœur aux jours de naguère – je le sentais – mais elle s'évertuait à me le cacher.

Je poursuivis, doucement, « Le voici l'Agneau si doux », et je perçus, furtivement exhalé de sa gorge, un frêle « Me voici, me voici ». Je continuai, d'une voix plus forte et plus assurée « Et sans te supplier » – et c'est alors qu'à mon ravissement, O merci Jésus, j'entendis retentir la douce voix de ma Savannah, blonde et pure ainsi qu'autrefois : elle joignit son soprano à mon alto, debout devant moi avec ses pieds de bronze poli, son manteau d'astrakan tout pareil aux cheveux de Jésus, et sa broche qui jetait mille feux. En cet instant béni, on aurait dit une sainte, tant son visage était radieux, tant resplendissaient la chevelure de Jésus du manteau et la broche aux diamants scintillants ; je sus alors qu'on pouvait encore tirer quelque chose d'elle, malgré ses artifices et ses maquillages, et que, plus que jamais, plus, même, qu'en 1952 où pour la première fois elle s'était écartée du droit chemin, ma mission sacrée était de l'y ramener et de la sauver.

En vérité, il fallait sans répit diriger Savannah, lui montrer la route : elle fuyait avec la brebis ou chassait avec les loups, indifféremment ; on ne pouvait pas la quitter de l'œil un seul instant : pour un évêque, c'était plutôt gênant, mais quelle séduction, ô mon Dieu !

Et voilà qu'entra soudain Canaan Johnson, un gros bouquin à la main, et rien qu'à voir sa nuque, on devinait la posture dans laquelle il avait lu – à plat dos. Il portait une veste d'intérieur en velours.

Savannah s'arrêta de chanter, fronça les lèvres et dit : « Ca – na – an ! », mais mon alto continua, imperturbable, « Divin Agneau de Jésus, me voici, me voici ». Un doigt glissé entre les pages, Canaan s'assit et Savannah fit de même. L'arrivée de Canaan lui avait éteint sa flamme, mais j'achevai mon cantique, en prenant tout mon temps.

Après quoi, Canaan Johnson déclara : « Dieu vous bénisse, Ruby Drew, de Lui faire ainsi offrande de votre voix », et il jeta un coup d'œil à Savannah qu'elle reçut comme un panneau à fléchettes... en plein dans le mille.

Je répliquai : « Elle est offerte gracieusement à tous ceux qui veulent l'entendre, comme le vent qui souffle au ciel, Canaan Johnson. Je ne demande aucun honoraire », et je le regardai droit dans les yeux.

« Si je faisais payer tout ce que je donne, ajoutai-je, je pourrais m'offrir des housses en satin, une maison de cinq pièces, un manteau et une broche en diamants. La Parole de Dieu, traduite ou non, ne rapporte pas à *tous* des vestes d'intérieur en velours. Ça me suffirait, à moi, qu'elle m'octroie une paire de gros talons pour ces vieilles chaussures. Et qu'elle me permette de verser cinq dollars d'arrhes pour qu'on me livre un réfrigérateur : ainsi j'aurais plus besoin de grimper ma glace quatre étages pour empêcher mon lait de tourner. Je suis ministre de l'Evangile, et j'ai des papiers qui en font foi. »

« Eh bien, Ruby, dit-il avec cette *voix*, la source de votre rancœur, c'est le poste d'administrateur de la Sainte Eglise de la Lumière du Monde, c'est manifeste. »

« Expliquez-moi donc ce "manifeste", lui dis-je, mordante.

« Le changement de titulaire vous a fort affectée, mais il a été bénéfique à l'église de l'évêque Savannah. »

« Bénéfique ? »

« Déjà le nombre des adhérents a doublé et ce n'est qu'un début. C'est une besogne d'homme que de faire marcher une église. »

« Je vois très bien ce que vous voulez dire », lui lançai-je d'un ton cinglant, tout en jetant un coup d'œil à Savannah qui avait remis ses mules en boa. « Vous avez prélevé trois mille dollars sur les fonds de l'église pour acheter un grand orgue, sans organiste pour le faire marcher. »

« Nous nous efforçons d'en trouver un, nous faisons passer des annonces en ce moment même, répondit-il. Mais ces gens-là ne courent pas les rues, de nos jours. »

« L'ancien piano était amplement suffisant, et vous le savez, m'écriai-je. Pourtant il a fallu que vous le remplaciez par un autre qui a coûté six cents dollars prélevés eux aussi sur les fonds de l'église. »

« Quel métiez faites-vous donc, demanda-t-il ; de l'espionnage ? »

« Pas besoin d'espionner pour voir que vous avez revêtu ma sœur Savannah d'astrakan, orné son sein d'une étoile en diamants, couvert ses meubles de housses en satin et ses parquets de tapis tout neufs – tout ça dans une maison achetée avec les deniers de l'église, *besogne d'homme ou pas.* »

« Autant de pris sur le fisc », répliqua-t-il.

Mais je balayai l'argument : « En qualité de tutrice de ma sœur, je suis venue vous demander quelles sont vos intentions, Canaan Johnson, et jusqu'où cette affaire va aller. »

« Quelle affaire ? » demanda le gredin.

« Quelles sont vos intentions ? » dis-je en martelant mes mots.

« Servir le Seigneur par le canal de Savannah », répondit-il.

« Son canal ne vous appartient pas, dis-je. Vous vous amusez avec un évêque de Dieu, vous maquillez Savannah en Prostituée de Babylone, et aux frais de l'Eglise, s'il vous plaît. Aux mains de certains hommes, la beauté naturelle, ce don de Dieu, devient une fausse idole ! Et là vous êtes à votre affaire, Canaan ! Oh, je sais, poursuivis-je, derrière les déchéances des pauvres petites femmes, il y a toujours un homme séduisant, avec des cadeaux, des mensonges, et des idées de derrière la tête. Pas un bossu ni un dadais aux oreilles décollées, ni un bon gars du genre tranquille et raisonnable, mais un beau garçon, excitant en diable, doucereux, avec une voix de colombe et une langue de serpent. »

« C'est clair comme le jour, vous mourez d'envie d'avoir l'épiscopat, Ruby Drew », déclara Canaan Johnson en dardant sur moi le regard de ses yeux aux longs cils. Il y eut un terrible silence. Savannah était assise, éblouissante dans son astrakan, muette.

Je me levai et, l'air épiscopal, m'éloignai de cette maison. Mais malgré moi j'éclatai en larmes dans mon autobus. Je me récitai le poème que Prince de Lumière avait appris à Savannah :

> *Ils me fuient aujourd'hui ceux qui me désiraient,*
> *Pieds nus ils arpentaient ma chambre et me cherchaient...*

Une dame compatissante, assise près de moi, me dit : « Pourquoi pleurez-vous ainsi dans l'autobus, ma mignonne ? »

« A cause des tricheurs... et des faux jetons », répondis-je à travers mes sanglots.

« Ah, dit-elle, vous jouez ? »

« Oui, et j'ai perdu. »

Là-dessus la charitable dame tira de son énorme sac à main – on aurait dit un sac de sable, du genre que les hommes évitent soigneusement dans la rue de peur de la... décollation – un petit carton ainsi conçu :

DIMANCHE A 19 H 30, CUBSY HALL, LE PRÉDICATEUR PRODIGE ÂGÉ DE 7 ANS PARLERA POUR LA DERNIÈRE FOIS AVANT SA GRANDE TOURNÉE À TRAVERS LES É.-U. « LA VIEILLE CHAPELLE ».

Pendant que je lisais la carte, ma voisine me dit : « Venez donc l'écouter, ma mignonne, il vous consolera. Dieu vous bénisse, c'est là que je descends. » En un éclair elle bondit du bus, flanquée de son gros sac à main. Le bus se remit en route et je pleurai à chaudes larmes, sans pudeur, en suivant du regard les longs trottoirs déserts.

CHAPITRE X

Cubsy Hall était censé avoir sept ans, mais dès que j'entendis ses premières paroles je me dis : « Grand Dieu, il en a au moins quarante, avec une sagesse pareille ! » De sa petite bouche sortaient des paroles enfantines, pleines de la fraîche innocence des chérubins. Quel curieux sermon il fit à ses fidèles – de drôles de gens, entre nous. Il parla des pièges d'émeraude et de saphir que nous tend Lucifer, l'archange précipité du Ciel jusque dans les Cités, et que l'on croise dans chaque rue, et qui jette sur nous son regard fascinant et maléfique. Puis il se fit apporter sa guitare d'acier à branchement électronique, et se mit à chanter. Fantastique ! Au milieu du troisième cantique, je me précipitai au téléphone et demandai une communication P.C.V. avec Prince de Lumière (en ma qualité de missionnaire de Dieu). Sa voix me donna l'impression qu'il était mal réveillé ou fatigué, mais je le secouai de sa torpeur, en lui disant de venir ici, que j'avais fait à l'instant une découverte – un nouveau *protégé*[1].

Il parla et, au son de sa voix, il me parut... comment dire ? – las. Il était très pris par son travail à Philadelphie, pourrais-je recueillir d'autres renseignements sur Cubsy

---

1. En français dans le texte.

Hall, tenter d'entrer en contact – autrement dit suivre l'affaire pour lui et lui envoyer un rapport. Je raccrochai et me pris à songer que quelque chose ne tournait pas rond chez Prince de Lumière. Probable qu'il se surmène, me dis-je, et qu'il a besoin d'une retraite. Puis je rentrai à bride abattue dans les coulisses de la Vieille Chapelle.

J'y trouvai le petit Cubsy Hall au milieu d'un cercle d'admirateurs, sans compter les malades impatients de le toucher. Un gaillard le chaperonnait comme une grosse douairière (je crois que c'est le mot). Tenez-vous bien, c'était Orondo McCabe. Dieu sait ce qu'il venait faire ici. Je m'approchai de lui et lui envoyai un coup de coude. « Dites donc, pourquoi n'êtes-vous pas à Philadelphie ? »

« Parce que je suis ici. »

« Vous êtes bien Orondo McCabe du night-club où j'ai retrouvé ma sœur Savannah – postulante en ce temps-là, évêque maintenant – pendant sa rechute passagère ? »

Orondo McCabe me regarda comme si j'étais cinglée ; peu à peu le souvenir lui revint de cette nuit où il avait rencontré Savannah, et où nous nous étions livrés à un grand combat verbal dont elle était l'enjeu.

« Il m'en souvient, dit-il avec un accent britannique (factice), il m'en souvient même très nettement. Où se trouve cette sœur si belle et si admirablement douée ? »

« Dans l'épiscopat, répondis-je en me rengorgeant. C'est un évêque important. »

« De quel secteur ? »

« Secteur ? Il n'y a pas de secteur dans l'Eglise de Dieu. »

« Possible, mais secteur ou pas, dans lequel la trouve-t-on ? »

« Brooklyn. La Sainte Eglise de la Lumière du Monde. »

« Veuillez lui présenter mes respects », dit-il, guilleret.

J'acquiesçai, puis fendis l'attroupement autour de Cubsy Hall et lui mis la main dessus.

« Petit ange du Ciel, lui dis-je gentiment, il faut que je te parle tout de suite et seule à seul. Y a-t-il une pièce où l'on puisse causer sans être dérangés ? »

« Où avez-vous mal, madame ? » demanda-t-il.

« Je tiens absolument à te voir en particulier ; mais je n'ai mal nulle part. »

« Permettez : il faut que je fasse quelques guérisons au préalable, dit Cubsy Hall. Je vais pratiquer l'imposition des mains un petit moment. »

« Oh ! dis-je, je ne savais pas que tu étais guérisseur. »

« Je ne le suis qu'accessoirement, expliqua Cubsy Hall. Ça n'est pas ma fonction essentielle, mais une faculté d'appoint qui m'a été donnée par la foi et par mon influence personnelle sur les créatures. »

« Eh bien, moi, je suis sœur Ruby Drew, de la Sainte Eglise de la Lumière du Monde, et j'ai des choses à te dire. Ne pourrait-on pas prendre rendez-vous ? »

Dans mon dos je perçus une voix britannique : « Par mon entremise exclusivement, Ruby Drew. »

« Qu'entendez-vous par entremise ? »

« Je suis l'imprésario de Cubsy Hall, me déclara Orondo McCabe. Il est lié à moi par contrat. »

« Alors on pourrait peut-être causer à trois », dis-je.

« Causer de quoi ? demanda brutalement McCabe. Est-ce que vous songeriez à demander une part de Cubsy Hall ? »

« On verra ça entre nous. »

« C'est tout vu », dit Orondo McCabe.

« Et si je vous troquais une part de Savannah contre une part de Cubsy Hall », suggérai-je.

« Vous voulez dire organiser des échanges, des séances par alternance ? »

« Quelque chose comme ça, répondis-je : entre produ-cers, on finira bien par trouver un arrangement. Nous avons là deux forces puissantes qu'il faut utiliser à plein. Moralement j'estime que nous devons les employer au maximum – pour le bien de l'humanité. »

« Pouvez-vous être dans une heure au *Club Orondo* à Brooklyn ? »

« D'accord », dis-je, et je pris congé.

Mon idée, voyez-vous, c'était de lui donner en gage le talent de Savannah pour pouvoir disposer de celui de Cubsy Hall. Un petit innocent comme lui revigorerait la S.E.L.M. en y suscitant un renouveau d'ardeur spirituelle et de ferveur enfantine. En même temps ce serait une bonne leçon pour Savannah. Bien sûr, il fallait s'attendre à un accrochage avec Canaan, mais j'étais résolue à pas-ser outre. Je lui forcerais la main.

J'attendais Orondo McCabe, assise à une table de son club, en dégustant un cream-soda on the rocks, et en mûrissant mon plan. J'allais être obligée de tricher un peu – aidez-moi, Jésus – mais ce serait un pieux subterfuge, et je me sentais la conscience nette. Souvent il faut bien employer la ruse pour arracher les chrétiens ramollis à leur apathie – leur en faire déguster un peu, si je puis dire. Prince de Lumière m'avait enseigné la technique, mon simple bon sens en avait vérifié le rendement, et Canaan Johnson me contraignait à l'employer.

Je fis une prière pour la réussite de mon plan, puis attendis. Orondo McCabe entra, majestueusement. Il fai-sait très douairière – *imprésario*, plutôt, c'est le mot propre et je l'oublie tout le temps. Il tenait par la main le gentil Cubsy Hall, et la *Tante* suivait : Cubsy Hall était orphelin et n'avait plus que cette *tante* – drôle de *tante*, je ne devais pas tarder à m'en apercevoir. Elle portait la gui-tare. Je me dis : c'est par la Tante qu'il faut que j'attaque.

C'était le genre de femme qui porte des chaussures à talons aiguilles et des lunettes en strass ornées de petits amours, vous voyez ce que je veux dire, avec une poitrine en chasse-pierres de locomotive. Je vis instantanément la manœuvre à suivre : dresser l'un contre l'autre Orondo et cette Tante, et les neutraliser en leur plongeant la tête dans leurs enquiquinements mutuels. N'allez surtout pas croire que j'aime semer la discorde ; je ne le fais qu'en cas d'urgence, quand il faut tailler dans le vif.

Mais je m'aperçus vite qu'avec un couple pareil *mes* intrigues devenaient inutiles : ils étaient déjà dans les leurs jusqu'au cou. Cette Tante lui expédia un meuglement de vache et McCabe lui renvoya un bêlement de bouc avec un faux accent anglais. Nul besoin de pousser à la roue : la situation était créée d'avance, il suffisait de l'exploiter, merci Jésus.

Et c'est ainsi que sœur Ruby Drew, missionnaire de Dieu, allait faire du bon travail pour Lui au *Club Orondo*.

Orondo McCabe monta sur la scène et annonça Cubsy Hall. Il n'y avait pas foule ce soir-là, un quarteron de couples qui se bécotaient dans les coins sombres, un point c'est tout. Cubsy Hall se leva, brancha sa guitare et se mit à chanter un joli cantique sur l'Enfant Jésus : les étreintes se dénouèrent. Il attaqua alors une version twistée du même cantique et les amoureux s'enlacèrent à qui mieux mieux. C'est bien ce que je pensais, confiai-je à la femme d'affaires qui sommeille en moi, Cubsy Hall détient l'alliage exact dont le monde a besoin : c'est au reste le principe même de la S.E.L.M., et la thèse sur quoi repose tout l'enseignement de Prince de Lumière, son génial inventeur. Cet enfant peut à son gré faire entrer ou sortir Jésus, selon les rythmes qu'il emploie, mais sans jamais perdre contact avec le Jésus fondamental. Il peut Le faire passer par tous les trous d'aiguilles et vous Le coudre dessus sans jamais casser le fil. Il faut absolument que je recrute cet enfant.

Quand il eut achevé son tour de chant, je demandai à la Tante si elle voulait m'accompagner aux toilettes. « Oui, dit-elle, j'en meurs d'envie. »

Là je lui confiai que je me faisais des suppléments en gardant des enfants, et lui demandai si elle n'avait besoin de personne pour garder Cubsy Hall cette nuit-là.

Elle lança comme un jet de vapeur : « Furieusement. Ce soir, j'ai une envie folle de goûter aux plaisirs de la terre, de détendre ma pauvre tête sous pression, car ces derniers jours, avec tous les engagements de Cubsy Hall, ont été si remplis que la soupape est prête à sauter. »

« Eh bien ! mais... relâchez-la un peu ce soir, lui dis-je, affectueuse. Je m'occuperai de Cubsy Hall comme sa propre mère. »

Nous revînmes nous asseoir auprès d'Orondo McCabe et j'entamai avec lui ma subtile négociation. Il était plutôt coriace, mais je savais qu'il tenait à avoir Savannah et je gardai précieusement cet atout maître, à chaque donne.

La Tante ne cessait de faire courir ses doigts sur les bras d'Orondo, et à force de le caresser pour l'entraîner ailleurs, la chaleur du bonhomme monta : il frétillait sur sa chaise, et c'est ma cause qu'elle servait en accroissant de minute en minute sa vulnérabilité. En cas de besoin, ayez donc recours à une femme comme la Tante – celles-là s'y entendent pour vous rendre un homme malléable.

L'affaire fut conclue en un tour de main : promesses d'échange Cubsy Hall-Savannah, modalités à mettre au point le lendemain en la présence de Savannah. Restait pour moi à surmonter l'obstacle Canaan Johnson : le choc serait décisif et l'on saurait enfin qui, de lui ou de moi, administrait la S.E.L.M. C'est un petit enfant, pensais-je, qui me fera reconquérir la place dont on m'a évincée ; Cubsy Hall sera l'instrument de ma réintégration et de ma vengeance ; par lui seront réparées les injustices dont j'ai été victime.

Orondo McCabe et la Tante levèrent l'ancre et voguèrent vers des plaisirs inconnus ; Cubsy Hall et moi-même (plus la guitare, que je portais) prîmes le chemin de la Résidence de l'Evêque pour y faire une visite impromptue. Lorsqu'on nous eut introduits dans ce que Savannah appelait le « salon » (je persistais à dire « living-room »), nous nous trouvâmes en présence de l'évêque et de Canaan Johnson qui, le dîner achevé, prenaient le café dans des tasses en porcelaine grand luxe.

« Où avez-vous trouvé cet enfant trouvé ? » dit Savannah.

« Dans le bus, répondis-je. Il s'appelle Cubsy Hall. »

Canaan Johnson examina Cubsy Hall des pieds à la tête, comme si c'était un petit elfe en provenance d'un autre monde. Puis déclara : « Et qu'est-ce qui vous amène ici avec *lui* ?... »

Cubsy Hall, sans la moindre timidité, alla jusqu'à Savannah, s'inclina devant elle et lui baisa la main.

« Dieu vous bénisse, madame, dit-il, comme un vrai petit gentleman ; vous êtes l'une des plus ravissantes personnes que j'aie jamais rencontrées. » Savannah en fut impressionnée, je ne vous dis que ça.

Puis Cubsy Hall s'avança vers Canaan : « Enchanté de faire votre connaissance, monsieur. De grâce, dites-moi votre nom. »

Canaan Johnson, déconcerté par l'aisance et le charme de Cubsy Hall, répondit : « Mr. Canaan Johnson. » Puis il se tourna vers Savannah et lui dit, en gloussant de plaisir : « Quel adorable petit bonhomme ! »

Au bout de cinq minutes nous étions installés puissamment dans la place ; l'empire qu'exerçait le petit prodige était stupéfiant.

« Cubsy Hall, viens t'asseoir près de moi sur le canapé », dit Savannah avec un geste gracieux. Il obéit aussitôt, tel un caniche. « Et maintenant, raconte-moi tout ce que tu fais. » Canaan Johnson se leva et alla s'asseoir auprès de l'enfant – et je contemplai mon *instrument*, coincé entre mes deux adversaires.

« Je m'appelle Cubsy Hall, j'ai sept ans et je suis prédicateur au service du Seigneur. Je me suis produit dans tous les Etats ; ces jours-ci, j'avais un engagement à la Vieille Chapelle. Je vais maintenant partir pour une tournée qui me mènera dans quarante et une villes de notre grande nation. Eventuellement j'opère quelques guérisons par imposition des mains. »

« Il joue aussi de la guitare électrique et il chante », ajoutai-je.

« Laissez-le donc parler, Ruby Drew », glapit Canaan, mon implacable rival. Là il n'a pas tort, me dis-je. Je vais laisser Cubsy Hall mener la conversation, et ça marchera tout seul.

« Et qu'est-ce que tu chantes ? » demanda Savannah, aussi excitée que si on lui offrait un nouveau bijou.

« Beaucoup de chansons, dans tous les styles et tous les rythmes ; néanmoins toutes glorifient Jésus, les lois de Jésus et les bénédictions du Ciel. Pourrais-je avoir un verre d'eau ? »

Ah ! mes enfants ! Cubsy Hall aurait pu demander la broche en diamants de Savannah, elle aurait tout donné, il la tenait sous sa coupe. Tout en buvant son petit verre d'eau glacée, il évaluait du regard les charmes de Savannah. « Vous êtes trop belle pour être réelle, dit-il. Etes-vous une princesse réincarnée ou une fabuleuse prêtresse d'Eros, quelque houri... ? »

« Qu'est-ce que c'est que ce mot-là ? » demandai-je.

« Regardez dans votre dictionnaire », dit sèchement Canaan Johnson.

« Il n'est pas agréable à l'oreille », ajoutai-je.

« Cherchez dans votre dictionnaire et n'interrompez pas la charmante élégie de Cubsy Hall à Savannah. »

« Elégie, dis-je, qu'entendez-vous par là ? »

« Dictionnaire ! » brailla Canaan Johnson, et on se serait une fois de plus colletés sur des mots si Savannah ne nous avait séparés en répondant à l'*élégie* que Cubsy Hall faisait d'elle.

« Je suis évêque, petit chéri. »

« Evêque ! » s'écria Cubsy Hall.

« D'une église très prospère de Brooklyn. »

« Oh, Excellence ! » s'exclama Cubsy Hall ; et il tomba à deux genoux, et lui fit un baise-main comme s'il avait eu le Pape devant lui. « Est-ce que vous chantez ? »

« Certainement. Cela fait partie de mes fonctions à la Sainte Eglise de la Lumière du Monde. »

« Une minute », dit Cubsy Hall et il traversa le living-room à la course, comme un enfant sur un terrain de jeux, pour prendre sa guitare électrique. Il nous rejoignit et demanda où il pourrait la brancher.

« Connaissez-vous ceci ? dit-il en grattant quelques accords. C'est "O mon Amour qui ne veux point me laisser partir." Et il se mit à chanter cet émouvant cantique. On aurait dit la voix d'un Chérubin du Ciel. Alors Savannah joignit sa voix à celle de l'enfant, et c'était un enchantement : ils faisaient un duo parfait. Mon Dieu, vous parlez d'une affiche pour une église à grand spectacle ! Voilà une association qui vaut son million de dollars, me dis-je.

Quand le cantique fut terminé, ils se jetèrent dans les bras l'un de l'autre et Savannah poussait des petits cris de plaisir et de ravissement.

« *Jamais* je ne te laisserai partir ! s'écria-t-elle. Je veux t'adopter, et tu seras à moi et à personne d'autre. »

« Pour l'instant, il appartient à une *Tante* et à un imprésario nommé Orondo McCabe », déclarai-je à Savannah.

« Orondo McCabe ! »

« C'est une vieille connaissance, ce me semble », lui glissai-je.

« Qu'est-ce qu'il fait, cet Orondo McCabe ? » s'enquit Canaan Johnson.

« Il possède des night-clubs à Philadelphie et à Brooklyn. Cubsy Hall a un contrat avec lui ; il y a une heure à peine, le petit faisait son numéro au club de Brooklyn. J'y étais. »

« Appelez-moi cet Orondo McCabe, dit Savannah à Canaan Johnson. Je veux lui parler. »

« Je lui ai déjà parlé », affirmai-je résolument.

« De quel droit ? » demanda Canaan Johnson, glacial.

« En ma qualité d'imprésario légal, originel et unique de Savannah. »

« L'imprésario de Savannah, c'est moi. »

« C'est illégal. Vous êtes un imposteur et un usurpateur. »

« Allez donc dire ça au juge ! » glapit Canaan Johnson.

« C'est précisément ce que j'ai l'intention de faire », menaçai-je.

« Ruby Drew, j'en ai par-dessus la tête de vos interventions intempestives dans les affaires de l'évêque. Tenez-vous-le pour dit ! »

Cubsy Hall s'interposa soudain : « Je vous en supplie, ne vous disputez pas, dit-il d'une voix apaisante, nous sommes les gens de Dieu et n'avons pas le droit de nous déchirer les uns les autres. »

« Tu as raison, petit ange, lui dis-je. Mais parfois Dieu nous demande d'être fermes dans l'accomplissement de notre mission, et il est juste et équitable que nous nous dressions contre l'injustice... que nous prenions les armes. »

« Eh bien, prenez les armes, Ruby Drew – si vous avez la force de les soulever –, et videz les lieux. »

« Il me met à la porte une fois encore, Savannah. Je ne me laisserai pas faire. De par la loi, j'ai le droit d'être ici, et tu le sais. »

« La loi n'a rien à voir dans tout ça, me dit Savannah. Reste ici, Ruby Drew, et calme-toi. Canaan Johnson, cal-mez-vous aussi : allez au téléphone – c'est un ordre de l'évêque – et appelez-moi Orondo McCabe. Je veux lui parler. »

Sachant qu'Orondo McCabe n'était pas au *Club Orondo*, vu qu'il avait d'autres chats à fouetter, je tins ma langue et me rassis.

Canaan Johnson, du téléphone, nous cria : « On me dit qu'il n'est pas là : il a un entretien confidentiel, Dieu sait où... »

Je poussai un « Hanh ! » vigoureux, jouissant tout haut de ma victoire.

« Dites qu'on lui laisse un message : qu'il me rappelle dès que possible », ordonna Savannah.

« Orondo McCabe et la Tante ont très souvent des entretiens confidentiels. Ils se donnent un mal fou pour moi », dit Cubsy Hall à Savannah.

« Oui », murmura Savannah distraitement : elle rumi-nait son plan dans sa petite tête, je le sentais.

Je me levai et dis : « Maintenant, Cubsy Hall, il faut partir. »

« Je ne veux pas m'en aller, je veux rester ici avec l'évêque et chanter », protesta-t-il, tout chagrin.

« Non. C'est l'heure d'aller au lit. J'ai promis à la Tante que tu te coucherais à l'heure, et tu es sous ma responsa-bilité. Allons, viens, débranche ta guitare et en route. »

« Comment se fait-il qu'on te l'ait confié ? » demanda Savannah.

« Je le garde cette nuit, c'est convenu avec la Tante. »

« Et quand viennent-ils le reprendre ? »

« Dans la matinée, à mon studio. »

« Il restera à la Résidence de l'Evêque, déclara Savannah. Nous allons le garder tous ensemble. La Tante peut très bien le reprendre ici demain matin. J'aimerais la voir. »

« On me passera plutôt sur le corps ! » m'exclamai-je.

Je me rendais parfaitement compte qu'il allait y avoir du tirage. Je courus débrancher la guitare, mais pas moyen d'arracher la fiche. Comme la guitare était solidement attachée à l'épaule de l'enfant, j'eus l'impression, une minute, que Savannah et Canaan l'avaient pris au lasso et lié à un pieu, tel un jeune poulain. Je fus saisie de panique, courus jusqu'à Cubsy Hall et me mis à le tirer à moi. Mais Savannah le tirait en sens contraire, si bien qu'à la fin Canaan Johnson se précipita vers nous en criant : « Bas les pattes, espèces de... *femmes.* » Nous nous arrêtâmes net. Il poursuivit : « Je vais l'emmener dans mes appartements et le garder moi-même. Rentrez chez vous, Ruby Drew. Savannah – montez dans votre chambre. Cubsy Hall, viens avec moi. »

« Ah ça non ! m'écriai-je. Fini de jouer les caïds, mister *Londamer.* A partir de maintenant, c'est une lutte à mort entre vous et moi. Vous m'avez déjà volé un objet qui m'était cher et vous l'avez corrompu : pas question de me dépouiller du second pour le souiller aussi. Finie votre sale besogne, et je veux vous voir atterrir sur le pavé, même si je dois aller en justice. »

Cubsy Hall se mit à pleurer. Il n'arrivait pas à se dépêtrer de sa guitare et il avait été si tiraillé par Savannah et par moi-même qu'il était terrifié, le pauvre petit. Après tout ce n'était qu'un gosse.

Mon invective à Canaan Johnson m'avait remplie d'une énergie nouvelle : j'allai à pas de géant jusqu'à la prise de courant et fis du premier coup sauter la fiche. Puis je libérai Cubsy Hall de sa guitare et la rangeai dans sa boîte. Je saisis la boîte d'une main et Cubsy Hall de l'autre, et sortis dignement, guitare en bandoulière, de la Résidence épiscopale. Savannah et Canaan Johnson semblaient avoir perdu la parole. Néanmoins, comme je m'évertuais à mettre mon chapeau, encombrée par cette grosse guitare qui pointait par-dessus mon épaule, je lançai en partant, d'une voix tonnante : « Et vous aurez encore de mes nouvelles demain. Bonne nuit. »

Nous montâmes à mon studio. Je m'installai dans mon fauteuil à bascule avec Cubsy Hall sur mes genoux, et le berçai pour l'endormir. Je lui chantai une jolie berceuse, ainsi que le faisait jadis ma chère maman. J'avais les yeux pleins de larmes comme dans l'autobus qui avait amené cet enfant jusqu'à moi. C'était si doux de le bercer, c'étaient les seuls instants de vraie paix que j'aie connus depuis deux ans. Merci Jésus. Je lui chuchotai tout bas : « D'où viens-tu donc, petit agneau de Jésus ? » Cubsy Hall sursauta, se dressa sur mes genoux et dit : « Je suis un bâtard, un bâtard. »

« Que voilà un vilain mot ! » grommelai-je.

« Je suis un enfant trouvé, mais mes parents sont introuvables. »

« Qui t'a dit ça ? On finit toujours par s'en trouver, on a tous un père et une mère. »

« L'évêque Savannah aussi ? »

« Pour sûr. Et ce sont les mêmes que les miens. Nous sommes sœurs. Maintenant, qu'est-ce qui te fait croire que tu n'as pas de parents ? »

« Si loin que remontent mes souvenirs, je n'ai jamais eu que la Tante. Et le premier souvenir que j'ai d'elle, c'est qu'elle disait que j'étais l'enfant du Bon Dieu – trouvé dans un dépôt d'autobus. »

« Quel dépôt ? Je le connais peut-être. »

« A Memphis. »

« Et qui t'a trouvé dans le dépôt d'autobus de Memphis ? »

« La Tante. Elle partait pour Chatanooga, en voyage d'affaires. Elle travaillait dans les cosmétiques, comme présentatrice des produits de beauté de la princesse Pat. »

« Et elle t'a emmené ? »

« Oui, sans jamais déclarer à la police qu'elle avait un bébé perdu. J'étais une lourde charge pour elle, mais elle m'a gardé. Par la suite elle a cherché à savoir mes origines. »

« Et qu'a-t-elle trouvé ? »

« Quelques traces du passage à Tahoka, Tennessee, d'une actrice de vaudeville très jolie, et un certain nombre d'indices d'une orageuse passion pour un individu qui jouait et buvait, dont le passage à Tahoka coïncidait avec le sien. »

« C'est pas de jolies choses à connaître, pour un enfant. C'est la Tante qui t'a raconté ça ? »

« Oui. »

« Eh bien, dis-je, ta venue dans ce monde est une bénédiction du Ciel, dépôt de bus ou pas, et quels que soient tes parents. Sais-tu bien ce que dit la Bible ? *"Et ceux-ci sont ma mère et mes frères...",* saint Luc huit, vingt et un. »

« Ça m'est bien égal, s'écria-t-il, c'est papa et maman que je veux. »

« Mais tu en as des quantités ! Tiens, en ce moment, tu as moi ! »

« Vous parlez comme la Tante... »

« Petit enfant des orages de ce monde, apaise-toi et reviens vite sur les genoux de Ruby Drew. Allez, saute ! »

Il revint vers moi timidement, attendit un moment en me scrutant des pieds à la tête, puis d'un bond fut sur mes genoux. « Vous êtes bonne, Ruby Drew, Dieu vous ait en Sa sainte garde », dit-il tendrement. Oh, je crus défaillir sous tant de douceur !

Je le berçai encore un peu et il semblait s'assoupir. Mais il ne cessait d'être secoué de tressaillements comme si quelque fil le tirait d'en haut. Alors un sentiment affreux me passa sur l'âme, tel un corbeau qui déploierait ses ailes noires au-dessus de moi dans un champ : ce petit trésor ne pouvait pas vivre bien longtemps, le Seigneur allait le soustraire à ce monde d'infamie, ses jours étaient comptés, sauvez-le, ô Jésus.

Brusquement Cubsy Hall bondit de mes genoux comme un petit oiseau et se mit à sautiller en tous sens dans la chambre, et à parler comme un oracle. Le feu sacré était en lui.

« C'est à trois ans que j'ai fait mon premier miracle. Une vieille dame se trouvait dans le salon de beauté de la Tante à Memphis – il s'appelait *Le Maquillage*. La Tante, à ce moment-là, tenait ce magasin et j'y restais toute la journée, car elle aurait été bien en peine de me laisser quelque part. Cette vieille dame aux paupières ombrées de bleu avait une main qui restait constamment fermée comme un poing – à cause de l'arthrite, disait-elle. Elle était entrée acheter un crayon à sourcils. J'entendis une voix me dire : "Va à la vieille dame aux paupières bleutées, touche sa main malade, il y a quelque chose pour toi dans sa main, Cubsy Hall." Comme si j'avais reçu un ordre, j'allai droit à la vieille dame, allongeai le bras et lui touchai la main. Et voilà que la main s'ouvrit : "Je suis guérie, je suis guérie ! Ma main s'est ouverte !" s'écria-t-elle, et elle se mit à courir en rond dans le salon de beauté. Ce que je ne dis à personne, c'est qu'une petite boîte de fard à paupières était tombée de sa main lorsqu'elle l'avait desserrée. Je ramassai vivement la boîte et la mis dans ma poche. La vieille dame me couvrit de louanges, et déclara que j'étais un enfant du Bon Dieu.

« A partir de ce jour, les affligés affluèrent au *Maquillage*. On se serait cru à Lourdes. Les cosmétiques avaient battu en retraite devant les béquilles et les bandages que laissaient les miraculés. La renommée du *Maquillage* grandit, et la Tante s'enrichit, car les personnes guéries faisaient des dons. *Le Maquillage* devint une chapelle miraculeuse. Nous nous installâmes dans un local plus vaste et, lorsque j'eus quatre ans, la Tante m'acheta une guitare et du premier coup je sus m'en servir comme un joueur chevronné, sans avoir pris une seule leçon ; puis je me mis à prêcher. Quand j'eus six ans, nous vînmes à New York – c'était l'an dernier – et ce fut un succès inqualifiable. Telle est l'histoire de ma vie. »

« Enfant béni du Très-Haut ! m'écriai-je. Mon humble studio a le suprême bonheur d'être visité ce soir par un petit faiseur de miracles, un enfant surnaturel, droit tombé du Ciel. Reviens ici, petit oiseau, grimpe sur mes genoux », dis-je en les tapotant.

« Non », répondit Cubsy Hall.

« Tu ne voudrais pas rester avec moi ? Tu n'aimerais pas habiter avec Ruby Drew ? On ferait toutes sortes de choses ensemble, on s'amuserait, on irait ici et là, on prêcherait et on chanterait ensemble, on aurait une magnifique église. Veux-tu venir avec moi ? »

« Non », dit Cubsy Hall.

Mon cœur se serra. « Et pourquoi donc ? » implorai-je.

« Parce que vous êtes trop grosse. »

J'eus l'impression qu'il me portait un coup de poignard. Cubsy Hall pouvait être cruel, je m'en étais aperçue à mes dépens. Mais je me dis : après tout, ce n'est qu'un enfant

– passons l'éponge. Et je lui pardonnai, et parvins à lui dire en riant : « Eh bien, mon cher trésor, Ruby Drew t'adore. Veux-tu manger quelque chose ? »

« Je voudrais un éclair au chocolat. »

« Grand Dieu, dis-je, je n'en ai pas ici. »

« Alors qu'est-ce que vous avez ? » demanda-t-il d'une voix autoritaire.

« Un peu de cream-soda. »

« Je n'aime pas ça, c'est trop sucré. »

« Veux-tu que Ruby Drew descende à la charcuterie et te ramène quelque chose de bon ? »

« Oui, allez me chercher un sandwich au caviar avec du pain noir. Et quelques cornichons. Et une glace. »

« Mais ça coûte trop cher, lui représentai-je. Et ce n'est pas bon pour un enfant le soir. »

« Allez-y quand même, m'ordonna-t-il. Et si vous n'avez pas assez d'argent en voici un peu. » Il mit la main à sa poche et en tira un billet de dix dollars. « Achetez-vous quelque chose par la même occasion », ajouta-t-il.

Comme je revenais de la charcuterie, je perçus les vibrations électriques de la guitare. Quoique un peu inquiète pour la note d'électricité, j'étais bien aise que mon petit studio soit ainsi rempli d'ondes musicales. Au moment où j'entrais avec un gros sac de gâteries, Cubsy Hall attaquait une chanson. Elle s'appelait « Cigarettes, whisky et p'tites pépées » ; c'était la première fois que je l'entendais et elle me paraissait rédhibitoire, mais il déclara qu'il la chantait dans les night-clubs après « Béni soit le lien qui nous lie », avec reprise en chœur par la salle.

Nous fîmes un festin de *Gargantua* puis Cubsy Hall dit d'une voix lasse :

« J'ai sommeil, Ruby Drew. »

« Alors viens sur mes genoux, petit chéri », dis-je. Il y

sauta sans se faire prier. Je le berçai un peu et deux minutes plus tard il dormait à poings fermés. A nouveau un sentiment de paix et de joie m'envahit, que suscitait en moi la venue de cet enfant en mon humble demeure. Je fredonnai « Sonny Boy », « La Foi de nos pères », et puis, peu à peu, ma tête s'affaissa sur celle de Cubsy Hall.

Quelque temps s'écoula avant que je ne me réveille. Alors je soulevai doucement l'enfant et le posai sur mon lit. Je lui retirai ses chaussures, le déshabillai, et lui passai ma plus belle chemise de nuit. Puis je m'agenouillai contre ce lit où reposait un ange, et fis ma prière. Je m'étendis et passai toute la nuit sans fermer l'œil, appuyée sur le coude, la tête entre les mains, contemplant ce petit ange endormi dans mon lit solitaire.

CHAPITRE XI

Le lendemain, de bon matin, Cubsy et moi allâmes faire un tour au zoo. C'était une merveilleuse journée et tous les animaux s'en donnaient à cœur joie avec les visiteurs. Nous passâmes partout, même devant les babouins. La faim se faisant sentir, nous entrâmes au restaurant pour déguster un hamburger. Cubsy Hall me demanda à brûle-pourpoint : « Qui est-ce qui fait les bébés ? » J'en laissai choir une frite que je transportais de l'assiette à ma bouche. Mais j'ai la réplique facile :

« C'est Notre Seigneur Jésus », dis-je.

« Même les petits lions ? »

« Il fait absolument tout. »

« Alors il m'a fait moi aussi ? »

« Sans aucun doute. »

« Ce n'est pas ce que la Tante a dit. Elle a dit que c'est un énergumène joueur et buveur qui m'a donné à ma mère. J'ai fait un sermon là-dessus. »

« Elle devait parler d'autre chose. Mange ton sandwich ! »

« Moi aussi, je parle d'autre chose, insista-t-il. Je crois... »

Mais brusquement deux agents de police se dressèrent

devant nous. L'un d'eux me lança : « Etes-vous Ruby Drew ? »

« Certainement, dis-je. Qu'est-ce qu'il y a ? »

« Nous vous arrêtons pour enlèvement d'enfant. »

« Vous plaisantez », dis-je, abasourdie.

« On a recherché ce garçon toute la matinée. Nous avons ordre de vous appréhender, et vous allez être interrogés tous les deux. »

« Nous appréhender ! *Qui* vous a donné cet ordre ? »

« Un dénommé Orondo McCabe, son tuteur, répondit l'agent. Allez, debout, et suivez-nous sans faire d'histoires. »

« Laissez-moi au moins finir mon soda, je vous en conjure », lui dis-je.

« En route », répliqua-t-il rudement. Jamais je ne m'étais trouvée dans une situation aussi gênante, mais tout était parfaitement clair à mes yeux, n'ayez crainte. Cubsy Hall demanda à l'agent qu'est-ce qui faisait les bébés.

« Les hommes et les femmes », répondit-il, comme s'il avait une dent contre quelqu'un – et il jetait, du coup, tout mon édifice par terre.

« Ne lui parlez pas comme ça ! » fulminai-je.

« Est-ce que vous y connaîtriez quelque chose, vous ? » me rétorqua-t-il. Le monde peut être bien mal embouché, quelquefois !

Comme de juste, on nous emmena à la Résidence de l'Evêque. Siégeaient, tel un jury, Orondo McCabe (flapi, me sembla-t-il), la Tante, l'évêque Savannah et Canaan Johnson.

« C'est bien la femme, c'est bien l'enfant, dit Orondo McCabe aux deux agents. Je retire ma plainte et vous remercie, messieurs. »

Cubsy Hall courut à la Tante et lui dit qu'il était éperdument amoureux.

La Tante poussa un cri perçant : « Seigneur ! Qu'est-ce qu'elle t'a fait ? »

« C'est l'évêque Savannah ! » s'écria Cubsy Hall.

La Tante coula un regard outrageant vers Savannah et lui lança :

« Vous avez abusé de sa précocité ? Je vais vous traîner en justice, il y a des lois pour protéger les mineurs ! »

Savannah répondit à la dame que son attitude était ignoble et qu'elle attentait, par ses paroles blasphématoires, à sa dignité d'évêque.

Une grande bagarre se préparait, ô mon Dieu, et tout était si embrouillé, si sordide tout à coup ! « Prince de Lumière, m'écriai-je du fond de ma misère, venez à moi, car j'ai besoin de vous tout de suite. »

Je les quittai brusquement, et filai au téléphone. C'est alors que j'entendis Orondo McCabe me jeter : « Le contrat est annulé. Laissez tomber ! » Puis : « Allez, venez, la Tante et Cubsy Hall, on se tire de chez ces... loufoques. »

« Racaille ! Salauds ! » beuglait Canaan Johnson, alors que le trio s'éloignait. Je m'arrêtai dans l'encadrement de la porte, versant des larmes amères alors que le petit Cubsy Hall disparaissait de ma vue. Pourquoi étais-je toujours perdante ? Qu'avais-je donc fait pour être, chaque fois, pareillement malmenée ? Je me ressaisis, réfléchis, puis allai droit au téléphone. Je demandai une communication P.C.V. avec Prince de Lumière.

« Venez immédiatement, je vous en supplie. Nous sommes dans un affreux guêpier et j'ai besoin de votre lumière pour y voir clair. Je vais poursuivre Canaan Johnson et l'évêque Savannah, au nom de la Sainte Eglise de la Lumière du Monde. Je porte l'affaire devant la justice : ils ont été trop loin. Venez, Prince de Lumière, venez ! » Prince de Lumière m'apaisa et dit qu'il arriverait par le train du matin.

« Soyez béni, béni, béni ! » m'écriai-je, et je raccrochai.

Lorsque je rentrai dans le living-room, je me heurtai à un violent tir de barrage verbal déclenché par Canaan et Savannah. Mais je m'abstins de riposter. Je demeurai parfaitement calme, et ne prononçai qu'un mot : « Libidineux » – un mot biblique.

« Il est si évident maintenant que vous convoitez l'épiscopat, me dit Canaan Johnson, que vous n'hésitez même plus à diffamer les gens. Car c'est de la diffamation. »

A quoi je rétorquai : « Episcopat ou non, Notre Seigneur et Prince de Lumière m'ont prescrit de laisser tomber mes ménages et de revenir à l'Eglise – à la Sainte Eglise de la Lumière du Monde, plus précisément. Notre Seigneur et moi-même allons aérer un bon coup cette église. Diffamez donc *ça*, pour voir ! »

Je mis mon chapeau, et déclarai en partant : « Vous aurez votre compte tous les deux, toi l'évêque idolâtre, et vous l'escroc retors. »

CHAPITRE XII

Lorsque, le lendemain matin, Prince de Lumière arriva – plus séduisant que jamais, oh ! –, nous eûmes un entretien urgent au *Riker's*.

« Il faut reprendre l'affaire à zéro et virer de bord complètement », voilà ce qu'il dit, en sa langue toujours aussi poétique. « Mais, au préalable, il importe que je puisse avoir une explication avec Canaan Johnson. »

« Je m'en charge, dis-je, bien volontiers. »

Par le canal officiel de la secrétaire pédante et compassée, j'obtins un rendez-vous pour le soir même, à huit heures, à la Résidence de l'Evêque. Et je ne doutais pas qu'il s'y livrerait une lutte à mort entre les puissances des Ténèbres et les puissances de Lumière. Quand nous entrâmes à la Résidence épiscopale, muée maintenant en palais de Satan, Savannah nous apparut telle une reine trônant dans sa splendeur, et elle nous accueillit sans trouble aucun, imperturbable – *présente* seulement dans toute sa gloire, et broche au sein. A cette minute je me dis, mon Dieu, c'est vrai, elle a une aristocratie naturelle – où a-t-elle bien pu la dénicher, et pourquoi en suis-je si dépourvue ? Prince de Lumière la regarda gravement dans les yeux, puis s'inclina, solennel et glacé, et baisa sa main offerte – une main de catin, couverte de bijoux.

« Je suis ravie de vous voir, Prince de Lumière », dit-elle – on eût cru Proserpine, ou quelque créature similaire, quelque déesse du monde inférieur.

« Mr. Canaan Johnson va descendre dans un instant. Voulez-vous boire quelque chose ? »

« Evêque Savannah, vous savez que je ne bois pas – et je suis surpris qu'on puisse le faire en pareil lieu. »

« Je prendrais bien un cream-soda », dis-je.

« Il n'en reste plus », dit Savannah, froidement.

Il y eut soudain comme un éclat de fanfare et Canaan Johnson fit son entrée, tel un ambassadeur. Il était en grande tenue, *chic*[1] des pieds à la tête : sa veste de velours noir s'ornait de revers rouges en je ne sais quoi, mais ça devait coûter cher, et des boutons de manchette en diamants jetaient des feux à ses poignets. Il avait aux pieds des souliers vernis à nœuds rouges. Il a l'air d'un maître à danser, me dis-je.

Il serra la main de Prince de Lumière, s'inclina devant lui : « Très honoré », dit-il, et m'ignora totalement.

« J'apprends qu'il y a des dissensions graves à la Sainte Eglise de la Lumière du Monde », déclara Prince de Lumière en s'asseyant.

« Disons une certaine... animosité... », commença Canaan Johnson, mais Prince de Lumière l'interrompit.

« Excusez-moi, je m'adressais à la personne qui fut jadis l'objet de mes soins, l'évêque Savannah. »

« Envoyé ! » me dis-je, et je sentis une petite titillation au creux des genoux.

« Je parle au nom de l'évêque », déclara Canaan Johnson sans détour.

Savannah, paisible, gardait le silence.

---

1. En français dans le texte.

« L'évêque n'aurait-il point de langue ? » s'enquit Prince de Lumière.

« L'évêque ne s'en sert que pour les exercices de la chaire », dit Canaan.

« Et du lit », ajoutai-je.

« C'est de la calomnie ! » tonna Canaan Johnson. « J'exige que cette femme à l'esprit malveillant soit expulsée de cette pièce. »

« Elle restera avec moi », dit Prince de Lumière sans élever la voix ; et je sentis un nouveau picotement aux genoux.

« Alors il faudra qu'elle la boucle ! »

« Sur quoi se fonde cette autorité arrogante dont vous avez fait montre depuis mon arrivée ? » demanda fermement Prince de Lumière.

« Il m'a volé ma place », m'écriai-je.

« Ecoutez-moi, sainte sœur Ruby Drew : je me vois contraint de vous prier de garder le silence ; la colère n'arrangera certainement pas les choses. Allez vous asseoir près de votre sœur l'évêque. Et restez tranquille... s'il vous plaît. »

Je laissai une minute s'écouler, puis, dignement, me levai de mon siège, et, sans me presser le moins du monde, gagnai le canapé de satin où trônait Savannah. Elle ne daigna pas tourner la tête vers moi, mais, lorsque je m'assis près d'elle, elle eut un petit mouvement de recul, comme si j'étais un putois.

« Reprenons donc, dit Prince de Lumière. On m'a fait venir ici dans un but de conciliation, essentiellement. »

« Alors prenez un avocat. »

« Ce ne serait ni courtois, ni... chrétien. »

« De toute façon ça ne *peut pas* être chrétien, si l'on veut aller au fond des choses : nous sommes des Falachas, des Juifs noirs, par définition. »

« Par définition, nous sommes au service du Christ, et par conséquent chrétiens. »

« Il y a un certain temps que vous n'avez pas consulté votre épistémologie, n'est-il pas vrai ? »

Je me mis à glousser et Savannah frappa du pied. Elle ignorait tout de ma dispute avec Canaan sur ce mot.

« Ça ne serait guère utile, reprit Prince de Lumière. Je sais que cela s'y trouve *in toto*, en gros. Où avez-vous fait vos études, Mr. Johnson ? »

« Tout seul. »

« Moi, j'ai passé deux dures années au séminaire. »

« Et alors ? »

« Eh bien, ce stage intensif m'a appris que l'épistémologie n'a rien à voir avec les origines de la religion. »

« C'est exact, parfaitement exact, m'écriai-je. C'est ce que je vous ai dit, Canaan Johnson ! Ha, ha ! »

Mais Canaan Johnson m'ignora de plus belle, et déclara à Prince de Lumière qu'il ne souhaitait pas poursuivre cette discussion sur la définition des mots, mais que, par contre, il aimerait bien savoir pourquoi son intimité et celle de l'évêque avaient été violées par une si audacieuse intrusion.

« Et moi ce que je veux absolument savoir, c'est si vous vivez ensemble dans le péché. »

« Nous vivons en frère et sœur. Nous avons fait vœu de chasteté réciproque. »

« Il y a quelque chose sur votre visage et sur celui de l'évêque, qui m'incite à croire que vous ne respectez pas ce vœu. »

« Dites donc, grommela Canaan Johnson, l'air plus retors que jamais, qu'est-ce que vous voulez ?... Vous rendre compte par vous-même ? »

Canaan Johnson était capable de descendre aussi bas que ça. Prince de Lumière n'insista pas.

« Et je vois ici même, à maint indice, que vous poussez l'évêque sur une voie néfaste », reprit-il.

« Laquelle, je vous prie ? »

« Celle des choses matérielles. »

« Elle les aime. Elle les mérite. Belle, elle mérite toutes les choses belles. »

« C'est son point faible, je vous l'accorde... Je veux dire que l'évêque a une... propension à la matérialité. »

Les deux adversaires utilisaient maintenant des mots si impressionnants que j'en étais positivement éblouie. En vérité ces mots qu'ils se lançaient comme des projectiles, leurs répliques cinglantes, leurs assauts de subtilité me faisaient vibrer des pieds à la tête : je me trémoussais d'aise sur le canapé de satin. Bon sang, me disais-je, on a fait un drôle de chemin ma sœur et moi, pour se retrouver là dans un palais merveilleux, sur un canapé de satin, à regarder deux hommes qui, à cause de nous, s'empoignent jusqu'à la limite. Je dois avouer que j'en éprouvais quelque fierté et, un moment, j'oubliai l'objet de notre visite et toutes les saletés qu'on m'avait faites. Savannah et moi suivions leurs échanges comme un match de tennis, la tête pivotant des Ténèbres à la Lumière, de la Lumière aux Ténèbres. Elle y prenait plaisir elle aussi.

« Il me faut vous dire maintenant, Mr. Johnson, que le propos de ma visite est de vous informer que je suis décidé à aller jusqu'au bout pour vous écarter du poste d'administrateur des affaires de l'évêque Savannah. J'ai d'assez solides preuves de vos malversations dans ce domaine. »

« Malversations ! » m'écriai-je.

« Et je n'aurai de cesse que je n'aie porté ces preuves devant les autorités compétentes. A moins que, de votre propre gré, vous ne vous désistiez. »

« Est-ce une menace ? » demanda Canaan Johnson.

C'est alors que Savannah se leva brusquement pour accabler Prince de Lumière. Elle lui jeta à la face qu'il n'avait aucun droit de s'occuper de sa vie, et qu'en sa qualité d'évêque elle avait pouvoir de le chasser de sa Résidence et de lui interdire l'entrée de son église.

Bref, et ça ne traîna pas, elle renia sa fidélité à Prince de Lumière, et confirma son attachement à Canaan Johnson. Elle trahit cet homme d'élite qui l'avait menée jusqu'au seuil de sa gloire, et le jeta dehors comme un réprouvé. Oh, terrible minute ! Qu'on en soit arrivé là !

Prince de Lumière ne pouvait plus que se retirer, auréolé de radieuse dignité, mais le cœur brisé. Quand Savannah en eut terminé, dressée comme une reine impitoyable, le doigt pointé, utilisant le geste même qu'il lui avait enseigné, Prince de Lumière se leva et, tel un banni, s'éloigna. Je le suivis, tête basse.

Arrivé à la porte, Prince de Lumière se retourna et dit, ainsi qu'un sombre adieu :

« *Splendor lucis æternæ – veni et illumina sedentes in tenebris et umbra mortis.* » Puis il sortit et moi avec.

Dans la rue, je m'aperçus que mon pauvre Prince de Lumière pleurait. Je passai mon bras sous le sien. Accablé par tant de trahison, on eût dit l'image du Christ qui dans la nuit descendait cette rue de Brooklyn. Je lui récitai doucement, en cette nuit de Gethsémani, quelques vers du poème qu'il avait jadis appris à Savannah.

Ils me fuient aujourd'hui ceux qui me désiraient...

Il pleurait sans cacher ses larmes, des larmes grosses comme des crêpes, qui s'écrasaient sur le trottoir. « Je veux être seul ce soir, il le faut, me dit-il gravement. Rentrez chez vous, sœur Ruby Drew ; restez humble dans votre chagrin, et priez. Je veux rester seul ce soir. »

Il me quitta, s'enfonça dans la nuit, disparut au carrefour après le magasin de spiritueux, la tête ceinte de la couronne d'épines que la trahison y avait posée.

Ployant sous le faix de la peine que j'éprouvais pour lui et pour moi-même, je me dirigeai vers mon bus. Tout en roulant, je me disais : « Jamais plus je ne pleurerai dans ce bus. Je ne rentre pas chez moi pour être humble dans mon chagrin ou pour prier, comme l'a demandé Prince de Lumière. Je rentre pour mettre sur pied un projet crucial. Par trois fois Canaan Johnson et l'évêque Savannah m'ont repoussée. Mais celle-ci sera la dernière ! » Avant que Savannah, ma sœur aux cheveux d'or, et Canaan Johnson n'aient eu le temps de s'en rendre compte, ils avaient un procès sur les bras.

CHAPITRE XIII

J'exigeai une audience publique, me permettant de m'expliquer en présence de l'assemblée tout entière, et d'exposer les faits devant les membres de la S.E.L.M.

Le jour du procès une foule énorme emplit l'église; bon nombre de gens étaient debout, certains même dans la rue. Des notabilités étaient présentes. Je suis à peu près sûre d'avoir aperçu mon ex-mari dans l'assistance. Il y avait entre autres Orondo McCabe, la Tante, Cubsy Hall. La police avait fort à faire. Certains s'interpellaient, d'autres montaient sur les bancs, se fonçaient dessus comme des crabes furieux; ou se faisaient jeter dehors. Si je gardais une attitude modeste et digne, Savannah, elle, avait pris ses airs de princesse et déployait tous ses charmes et ses scintillements. Canaan Johnson en jetait plein la vue et crânait. Pendant les débats les membres de la S.E.L.M. devaient siéger dans l'église même, *en bloc*[1]; et ils formaient un chœur compact qui déjà piaillait « Notre évêque, Savannah », comme une armée de moineaux sur une clôture.

Jolly et Jamie et les autres Mignons, le Quatuor féminin de la S.E.L.M., le vieux pinceur aveugle – tous étaient là. Et bien sûr Prince de Lumière, comme témoin.

---

1. En français dans le texte.

Je m'avançai sur l'estrade, pieds nus, ayant revêtu toutes mes disgrâces de la rude bure des Dévôts. Je fis, telle une cantatrice à l'opéra, une inspiration profonde, puis exhalai sur cette foule ma bouleversante accusation : « USURPÉE ! Il m'a USURPÉE ! »

La foule oscilla, fut rejetée en arrière comme si mon souffle l'avait plaquée sur le dossier des bancs. Alors j'entrai carrément dans le vif de mon grand sermon.

« Le Prince des Ténèbres est venu se percher sur le clocher de la Sainte Eglise de la Lumière du Monde et je reviens au lieu d'où je fus exilée, afin d'abattre ce coq concupiscent ! »

On aurait entendu voler une... plume.

« Qu'il soit dès maintenant clairement entendu que je revendique l'épiscopat et tout ce qui s'y rattache, à savoir : *article un* la Résidence de l'Evêque, y inclus tapis et housses de satin ; *article deux* le manteau d'astrakan et la broche en diamants. »

Un murmure confus courut dans l'assemblée comme le susurrement d'un ruisseau.

« Etant donné que ces biens ont été achetés avec les fonds de la Sainte Eglise de la Lumière du Monde, ils appartiennent à cette Eglise », lançai-je d'une voix tonnante.

Tout le monde dressait l'oreille. Je les avais accrochés.

Alors je réduisis le volume de ma voix à une modulation suave et essayai sur eux ma séduction de conteuse :

« Ils chevauchaient toujours, les Sept Assassins de Palumbo. »

Je marquai un temps d'arrêt. J'entendais les questions voler de bouche à oreille : « Quoi ? » « Palumbo ? » « Qui ça ? » « Qu'est-ce qu'elle a dit ? » Puis j'enchaînai :

« Ils chevauchaient toujours. Ils allaient s'emparer du Méchant Roi qui avait spolié les pauvres. »

L'assemblée, maintenant, commençait à s'ébrouer au sortir de l'anesthésie générale que je lui avais administrée. Les gens devenaient nerveux et j'entendis des « Qu'est-ce qu'elle raconte ? », « Qu'est-ce que c'est ? », « Elle a dit que quelqu'un spoliait les pauvres... ». Je les avais bien en main.

« Ce que je dis, chers frères et chères sœurs, c'est que nous avons été *mussés* par le Méchant Roi. *Mussés !* Et vous savez qui est le Méchant Roi ! » Je fis une pause, puis ils reçurent le choc en plein. « *Canaan Johnson !* » Le nom explosa dans l'église comme un *cocorico*.

« Vive Canaan Johnson, vive Canaan ! » lança une voix ; et quelques autres esquissèrent une timide mélopée. Mais je brisai ces velléités chorales en hurlant : « *Malversation !* »

Le mot les stoppa net.

« L'évêque de cette église a une... propension à la matérialité, et l'administrateur de cette église a si ouvertement titillé sa propension qu'il a dû se procurer des biens coûteux, au nom de Notre Seigneur ! Je dénonce publiquement les biens indûment acquis au nom du Seigneur. J'ébranlerai les murs de cette église. *Je revendique l'épiscopat ! je revendique l'épiscopat !* »

L'église s'emplit d'un « ahhhhhhhhh » de stupéfaction.

« Et je revendique tous les biens qui en dépendent, afin de les remettre sur le sein du Seigneur et entre les mains de cette église. »

« Vive Canaan Johnson ! Vive l'évêque Savannah !... » ; ils recommençaient à crier et même à battre des pieds et des mains en cadence. Croyez-moi, cette église roulait comme un rafiot de cinglés. Je la laissai rouler un peu – car telle était ma stratégie – puis criai à tue-tête : « *Au viol, au viol !* »

Ça les pétrifia. Cette assemblée de fidèles ressemblait

soudain à la femme de Loth quand elle se retourna pour regarder derrière elle.

Alors j'ajoutai, tranquillement : « Je prends le mot dans son sens classique, mes enfants. Dans le sens d'enlèvement par la force. Pour tuer le Méchant Roi, il faut violer la Princesse. Je me propose de l'enlever par la force à sa captivité babylonienne, de renverser le Méchant Roi, et de redresser tous les torts. Vous me suivez ? »

« Elle est piquée », dit une femme. Je lui rétorquai : « Oh non, chère sœur, Ruby Drew n'est pas piquée comme je vous l'ai entendu dire. Les martyrs étaient-ils piqués ? Je vous pose la question. Répondez ! »

Silence total. Je réduisis ma voix à un volume raisonnable.

« Oh, *natürlich*, dis-je, vous allez défendre votre évêque et votre église charnelle qui nage dans l'opulence, par simple dévotion chrétienne. Mais vous ignorez qu'elle est devenue, *sub rosa*, un antre de corruption, avec des biens matériels achetés au nom du Christ pour des jouissances privées. Que votre regard, rien qu'une minute, se porte sur Notre Seigneur : *LUI* n'a pas de compte en banque. *LUI* n'a pas de pierres précieuses. Il n'a rien à exhiber qu'un cœur d'or, et les cheveux que la nature lui a donnés, et qui ressemblent à la laine de l'agneau ! Etes-vous d'accord ? » jetai-je à l'assistance.

Aucune réponse, nul bruit que le toussotement d'un homme quelque part devant moi.

« Je sais que nous sommes en présence d'une situation épistémologique, qui implique les limites mêmes de la connaissance. Et c'est pour cela que j'aimerais vous dire un mot : quiconque souhaite me poser des questions recevra une réponse. Je me suis livrée à des recherches herculéennes et je ne parle pas en l'air. Il n'y a pas de frontières au savoir, dans mon cas : l'épistémologie en est claire et simple. J'ai rassemblé les faits et mon livre est ouvert. Je suis auto-didacte, auto-nome, et *auto-induite.* Je vous offre mon livre grand ouvert. » Je perçus un ricanement étouffé : « Qui c'est qu'en veut ? »

« Pollué, hurlai-je, qui n'ose parler qu'entre ses dents ! Soyez purifiés ! Suivez-moi ! *En avant ! Arriba ! Durriger !* Vers la Terre promise ! Tournons le dos à cette *moitié d'Eglise,* cet androgyne qui n'est ni chair ni poisson ! » Puis, prenant de vitesse leur contre-attaque, je m'incurvai vers eux, mains tendues, pathétique :

« Car je vous conduirai jusqu'au fleuve de pureté, où le soleil brille sur les eaux, où il n'est que lumière tout au long du jour ; un jardin paradisiaque aux arbres couverts de fleurs et de fruits vous invite à y errer, *sans crainte des serpents.* Venez avec moi, mes agneaux, ô venez, mes colombes, venez, mes chers enfants pollués ! Quittez cette maison maudite, quittez votre esclavage, viens ma sœur, viens mon frère !... »

Personne ne se leva. Puis on perçut un faible bruit de pas : deux dames âgées, pour qui je n'avais aucune sympathie particulière, s'avançaient dans l'allée. Je leur jetai un regard dédaigneux – il n'y avait rien à tirer de *ça* !

« Sortez de vos bancs, ceux qui veulent me suivre ! Venez ici, à cet autel, comme l'ont fait vos deux sœurs – Dieu les bénisse ! Allons, venez ! Venez à l'autel, tombez à genoux, et soyez dénombrés !... »

Alors, avec un visage de mater dolorosa et les bras tendus du pasteur vers ses brebis, je dis en un soupir :

« Qui veut me suivre ?... »

Personne ne bougea. Quelques pieds s'agitèrent, et je devinais que certains balançaient. Mais personne, personne ne vint à moi.

Alors un rugissement s'éleva, tel un énorme lion lâché dans l'église – ils acclamaient Savannah et Canaan Johnson, faisaient une ovation à ce couple funeste. Ils n'étaient plus capables de distinguer un bon sermon d'un mauvais. Ils avaient été pervertis au point de ne plus voir que la beauté périssable, aveugles à la Vérité éternelle. Ils acclamaient Canaan Johnson et Savannah comme un roi et comme une reine.

« Trahison ! Infamie ! » criai-je de toutes mes forces, en essayant de dominer le tumulte... Mais le juge m'intima l'ordre de descendre de l'estrade, et de regagner ma place. Battue ! Je m'exécutai et, en arrivant à l'autel où se tenaient toujours les deux vieilles dames effarouchées, je leur fis une caresse au passage en leur disant : « Merci, ma bonne, merci, ma pauvre ! » Je m'assis, la tête bourdonnante des cris, clameurs et hurlements dont j'étais entourée, et m'enfonçai dans mon siège comme une pierre coule aux profondeurs.

Alors on appela Prince de Lumière, qui devait témoigner en ma faveur. Il fit l'historique de Savannah, montra comment je m'étais sacrifiée pour elle, en sorte que, même dans l'ombre du trône, c'était moi l'évêque authentique, et qu'on m'avait *dupée* – tel est le mot qu'il employa, et qui traduisait exactement mon sentiment – *dupée*. On le siffla copieusement et quelques injures lui furent lancées, si immondes que leurs auteurs furent empoignés et expulsés. Je dois dire que quelques membres du jury s'amusaient énormément. Ils faisaient penser à des invités à quelque gala, et leurs réactions étaient – eh bien !... *illégales* ; ce mot-là, je le criais sans trêve : « *Illégal, illégal !* » Mais je me rendais compte que Prince de Lumière n'employait pas le ton qui convenait. Il était trop discret, trop subtil pour ce jury et ce public de galapiats. A leurs yeux – j'eus du moins cette impression – il minaudait un peu trop. De toute évidence, il leur fallait du clinquant et quelques grimaces, de la parade et des grands gestes.

Prince de Lumière était trop délicat pour ce bas monde ; il était condamné à la crucifixion dès le jour qui le vit naître – ô mon Sauveur !

Canaan Johnson se leva. Il avait l'air cent pour cent imprésario avec son complet de velours et ses souliers vernis impeccables. La distinction exquise de cette apparition en imposa sur-le-champ. Et sa *voix* acheva de terrasser le jury. Tous les yeux étaient rivés sur lui, sur ses moindres gestes. C'était du viol en masse. Il signala que les biens de Savannah étaient des présents offerts par les fidèles, des témoignages de reconnaissance pour les services qu'elle leur avait rendus – n'avait-elle pas enrichi leur vie du ferment de la spiritualité, éclairé d'une couleur, d'un rayon, la morne grisaille de leur existence en ce monde si désolé ? Il énuméra ses actions généreuses, rappela qu'elle avait donné asile et lumière à ceux qui ne voient plus (« Hanh ! » m'écriai-je, et le juge m'invita à tenir ma langue), aux sans-foyer et aux pauvres d'esprit. L'auditoire bruissait comme un grand arbre dans le vent. Tous étaient d'accord et ne le cachaient pas. « Je suis coulée, me dis-je ; pas de doute, ce Canaan est un metteur en scène de première force. » Pour parfaire son triomphe il parla les cinq dernières minutes en hébreu : auditoire et jury basculèrent dans sa poche. Même les oreilles du juge étaient aussi alertes que des oreilles d'âne. Alors Canaan se rassit, tira sur ses manchettes à boutons de diamants et attendit, tel un homme qu'un taxi va passer prendre.

Mes pieds nus étaient glacés et je me sentais l'estomac barbouillé. « C'est cela, la persécution des justes, me dis-je en guise de consolation, et il faut que je boive la coupe jusqu'à la lie ! » Je levai les yeux vers Prince de Lumière pour trouver quelque réconfort, mais il était pâle et tremblait.

Le tribunal appela l'évêque Savannah et elle se leva.

Grand Dieu, on aurait dit une étoile qui montait lentement dans le ciel enténébré. « Nul doute, elle est la plus belle », murmurai-je. Point n'était besoin qu'elle ouvre la bouche. Il lui suffisait de *se lever*. L'église s'emplit, jusqu'aux chevrons, d'un grand frémissement. Le moment crucial était arrivé. Savannah leva la main et dit : « Paix ! » et le frémissement s'apaisa. Elle ajouta d'une voix suave : « Je ne rends témoignage qu'à moi-même. » Pendant trente secondes elle demeura immobile et sereine, radieuse de blondeur, les yeux clos, la tête droite, muette. C'était une Idole, sans l'ombre d'un doute. Sa présence surpassait tous les discours. Notre faiblesse à nous, c'était l'excès de paroles, je le savais maintenant : nous parlions trop : mon verbiage, mon vocabulaire n'étaient que cymbales au grêle tintement. Ce qu'il faut, c'est de la... présence.

L'évêque Savannah se rassit. L'auditoire et le jury étaient laminés, pulvérisés, lessivés. Et elle n'avait rien dit, qu'une petite phrase : « Je ne rends témoignage qu'à moi-même. » Où donc avait-elle appris à la dire comme ça ?

J'imagine qu'il n'est guère utile de vous conter la suite. Bien sûr c'est eux qui l'emportèrent : il ne fallut pas plus de deux minutes au jury pour me régler mon compte. Non seulement le tribunal rendit un verdict en leur faveur, mais j'étais condamnée à payer les frais du procès. Du jour au lendemain la S.E.L.M. connut un triomphe sensationnel, qui éclipsa ses succès antérieurs. La police dut tendre des cordes pour canaliser la foule dans toutes les rues avoisinant l'église. Les gens vinrent par milliers et des milliers furent refusés. Mais ils ne partaient pas pour autant : ils chantaient, et rythmaient des mains les airs que des haut-parleurs diffusaient dans la rue.

Je repris mes ménages.

CHAPITRE XIV

Le temps passa et vous devinez ce qui arriva – pas besoin d'être grand clerc pour ça. Seulement il faut le temps. J'aurais dû m'en rappeler, à certaines heures où tout allait si mal.

Un beau jour Canaan Johnson prit le large, sans une ligne d'explication. La secrétaire aux fesses surélevées s'était envolée en même temps. Savannah m'envoya chercher, et je la trouvai effondrée, en pleine crise nerveuse. Ma première question fut : « Qu'est-ce qu'il a fauché ? Où est le manteau ? la broche de diamants ? » Savannah remercia le Ciel de lui avoir fait enfermer à double tour le manteau d'astrakan dans l'armoire en cèdre plaqué, rapport aux mites. Mais les diamants, bien sûr, s'étaient volatilisés avec Canaan.

J'essayai de la calmer. « Ne t'en fais pas, lui dis-je : laissons à Satan ce qui est à Satan. En tout cas tu as récupéré le manteau. » Nous allâmes donc à l'armoire en cèdre plaqué, ouvrîmes la porte, pour trouver quoi ? les restes d'un pique-nique de mites. Elles avaient fait ripaille avec l'astrakan. Ce qui en restait n'aurait pas suffi à couvrir un crâne de chauve. J'aurais pu dire : « Tu n'entasseras pas les trésors de la terre. » Mais je retins ma langue, merci Jésus. Adieu manteau !

Savannah eut sa dépression nerveuse et lui consacra deux semaines. Je la soignai, fidèlement. Elle en ressortit douce comme un mouton. Une fois de plus, elle avait expulsé son passé – elle était guérie. Ces expulsions de passés successifs, c'était tout à fait sa manière, mais devrais-je être condamnée à jouer les infirmières toute ma vie ? Le vent virait.

La S.E.L.M. se retrouva soudain vide comme un tonneau percé. Les adhérents se réduisirent à une poignée de *fidèles* – assez sinistres, à vrai dire, et qui jusque-là s'étaient plus ou moins contentés d'être des parasites. Ceux du genre pittoresque (et ceux du genre tourmenté) refusèrent de rester après le départ de Canaan et la retraite de Savannah. Ils allèrent leur chemin et fondèrent une église à grand spectacle. Bon débarras. Je nourrissais le projet de changer radicalement l'atmosphère de la S.E.L.M. ; je suggérai de transférer, par un acte officiel, la Résidence de l'Evêque aux vieillards de l'église, ameublement inclus. Savannah, toute docilité maintenant, y consentit d'emblée. Ce qui fut dit fut fait. La Résidence devint « la Maison des Saints ». J'installai Savannah avec moi dans mon petit studio.

Je tirai de son ombre mon diplôme de prédicateur et pris la relève, décidée à reconstruire cette église, et cette fois sur un terrain solide. Prince de Lumière vint de Philadelphie et m'ordonna évêque de la S.E.L.M., au cours d'une cérémonie très simple. C'est à ce moment-là que j'eus l'impression qu'il buvait.

Par la suite il ne cessa de descendre la pente, déchéance après déchéance ; et je me suis laissé dire qu'on le rencontrait tous les soirs sur le boulevard illuminé où j'avais déambulé avec lui, lors de cette mémorable nuit de la *Dînette bleue*. Il avait fait banqueroute, du portefeuille et de l'âme. J'aurais dû aller lui donner un coup de main, mais, que voulez-vous, j'ai ici une lourde charge sur les épaules. Aidez-le, Jésus !

Au fond de quels abîmes avaient chu les puissants qui m'avaient entourée ! C'est moi qui maintenant m'élevais. J'aurais pu – et comment ! – faire manger de la vache enragée à Savannah, ma sœur aux cheveux blonds, mais la miséricorde divine ne m'avait point désertée, et je lui proposai charitablement, comme il sied à un évêque, de me remplacer à mes ménages pendant un certain temps, jusqu'à ce qu'elle soit remontée à la surface. Ça pourrait lui servir de pénitence.

Il m'apparut qu'étant agenouillée pour se repentir de ses fautes, rien ne l'empêchait de se courber et de se déplacer un peu, un chiffon à la main ; et j'estimai que si elle arpentait le plancher pour faire un scrupuleux examen de conscience, elle n'en mourrait pas de pousser en même temps un aspirateur. Son repentir ainsi allié à des usages pratiques récupérerait une partie de ce que ses vices avaient dilapidé. De telle sorte que le péché rapporterait un peu – pas bien lourd, à vrai dire, Savannah s'en rendrait vite compte : un dollar dix cents l'heure, exactement. Elle s'y mit, merci. A son tour elle endossa les nippes sans gloire de la femme de ménage, et frotta, et récura. Pourtant, même là, elle n'était pas comme les autres. Mes anciens patrons m'informèrent qu'elle chantait divinement en maniant l'aspirateur et que si jadis ils allaient faire un tour pendant que j'astiquais, ils restaient maintenant à la maison pour l'entendre. Ses pauvres mains étaient rouges et rugueuses et elle avait des courbatures. Je l'admirais – sans excès pourtant, c'était trop dangereux avec Savannah. Elle se servait de votre admiration pour vous exploiter, en fin de compte. Je ne pouvais plus avoir confiance en elle. Je faisais donc mon petit bonhomme de chemin dans mon humble église. Mais le rayonnement s'en était allé. Je ne me sentais plus à la hauteur. Mon vocabulaire lui-même paraissait se rétrécir. Et les « fidèles » qui hantaient la Sainte Eglise de la Lumière du Monde ressemblaient comme des frères aux loques sinistres de la Mission de Philadelphie.

Mes chants ne suscitaient aucun frisson, et mes prônes manquaient... d'éclat. Si la lumière s'était éteinte à la S.E.L.M., en revanche l'église à grand spectacle, créée à l'image de Savannah, brillait de tous ses feux. Les Mignons et le Quatuor vocal de la Lumière du Monde y donnaient des programmes sensationnels – Cubsy Hall lui-même y prêta plusieurs fois son concours. De temps en temps j'appelais Prince de Lumière à Philadelphie. L'église de la Ferveur me répondait invariablement qu'il était parti sans laisser d'adresse. Donc pas moyen de mettre la main dessus, je veux dire il était introuvable.

Je poursuivis ma route, non sans traîner la patte. Un soir, en rentrant au studio, pas de Savannah : elle avait disparu. Je me demandai si j'allais me remettre en chasse comme jadis. Ça me stimulerait peut-être un peu. Il me fallait une sœur comme elle pour m'obliger à sauver autrui. Mais quant à sauver Savannah... le cœur n'y était plus. A quoi bon du reste ? Ça serait la chaîne sans fin. Tant pis ! je la laissai filer.

Voici maintenant près d'un an que je suis sans nouvelle. Certes il m'arrive de me demander, certains jours particulièrement moroses : « Où peut bien être Savannah ? » Mais je me dis : « Où qu'elle se trouve, elle est ma petite sœur blonde », et je me sens revigorée.

Merci bien d'avoir écouté mon histoire.

Et merci Jésus.

Dans la collection Les Cahiers Rouges

Clara Malraux *...Et pourtant j'étais libre ■ Nos vingt ans*
Claude Mauriac *Aimer de Gaulle ■ André Breton*
François Mauriac *Les Anges noirs ■ Les Chemins de la mer ■ De Gaulle ■ Le Mystère Frontenac ■ La Pharisienne ■ La Robe prétexte ■ Thérèse Desqueyroux*
André Maurois *Ariel ou la vie de Shelley ■ Le Cercle de famille ■ Choses nues ■ Don Juan ou la vie de Byron ■ René ou la vie de Chateaubriand ■ Les Silences du colonel Bramble ■ Tourguéniev ■ Voltaire*
Anatole de Monzie *Les Veuves abusives*
Paul Morand *Air indien ■ Bouddha vivant ■ Champions du monde ■ L'Europe galante ■ Lewis et Irène ■ Magie noire ■ Rien que la terre ■ Rococo*
Alvaro Mutis *Abdul Bashur ■ La Dernière escale du tramp steamer ■ Le Dernier Visage ■ Ilona vient avec la pluie ■ La Neige de l'Amiral ■ Un bel morir*
V.S. Naipaul *Crépuscule sur l'islam ■ L'Énigme de l'arrivée ■ Le Masseur mystique*
Irène Némirovsky *L'Affaire Courilof ■ Le Bal ■ David Golder ■ Les Mouches d'automne précédé de La Niania et Suivi de Naissance d'une révolution*
Harold Nicolson *Journal 1936-1942*
Luis Nucéra *Mes ports d'attache*
Annie Proulx *Cartes postales ■ Les Pieds dans la boue ■ Nœuds et dénouement*
Raymond Radiguet *Le Diable au corps suivi de Le bal du comte d'Orgel*
Paul Reboux, Charles Muller *A la manière de...*
André de Richaud *L'Amour fraternel ■ La Barette rouge ■ La Douleur ■ L'Etrange Visiteur ■ La Fontaine des lunatiques*
Christine de Rivoyre *Boy ■ Le Petit matin*
Christiane Rochefort *Archaos ■ Printemps au parking ■ Le Repos du guerrier*
Jean-Marie Rouart *Ils ont choisi la nuit*
Robert de Saint Jean *Passé pas mort*
Sainte-Beuve *Mes chers amis...*
Peter Schneider *Le Sauteur de mur*
Ignazio Silone *Fontarama ■ Le Secret de Luc ■ Une poignée de mûres*
Alexandre Soljenitsyne *L'Erreur de l'Occident*
Osvaldo Soriano *Jamais plus de peine ni d'oubli ■ Je ne vous dis pas adieu... ■ Quartiers d'hiver*
Roger Stéphane *Chaque homme est lié au monde ■ Portrait de l'aventurier*
Roger Vailland *Bon pied bon œil ■ Les Mauvais coups ■ Le Regard froid ■ Un jeune homme seul*
Giorgio Vasari *Vies des artistes ■ Vies des artistes, 2*
Oscar Wilde *Aristote à l'heure du thé*
Stefan Zweig *Brûlant secret ■ Le Chandelier enterré ■ Erasme ■ Fouché ■ Marie Stuart ■ Marie-Antoinette ■ La Peur ■ La Pitié dangereuse ■ Souvenirs et rencontres ■ Un caprice de Bonaparte*